GABRIEL DE MUN

DEUX AMBASSADEURS

A CONSTANTINOPLE

1604-1610

PARIS

LIBRAIRIE PLON

PLON-NOURRIT et Cie, IMPRIMEURS-ÉDITEURS

8, RUE GARANCIÈRE — 6e

1902

DEUX AMBASSADEURS

A CONSTANTINOPLE

1733

8°Lg²
1410

PARIS. TYP. PLON-NOURRIT ET Cⁱᵉ, 8, RUE GARANCIÈRE. — 3129.

GABRIEL DE MUN

DEUX AMBASSADEURS.

A CONSTANTINOPLE

1604-1610

PARIS

LIBRAIRIE PLON

PLON-NOURRIT et Cᵢᵉ, IMPRIMEURS-ÉDITEURS

8, RUE GARANCIÈRE — 6ᵉ

1902

« Louis XIV, après la triomphante paix des Pyrénées, obtenait moins de considération à Constantinople que François Ier, au lendemain de Pavie[1]. » Cette étonnante et pourtant indiscutable anomalie avait des causes multiples. Au xviie siècle, la principale est celle que M. Albert Vandal a étudiée dans son dernier livre : la Répugnance du grand roi à « *turbaniser* la France ».

Mais antérieurement une autre cause plus grave, et singulièrement plus féconde en conséquences, fut l'apparition à Constantinople d'agents de la politique anglaise. Sir Thomas Glover est le premier ambassadeur d'Angleterre accrédité auprès du sultan. Avant lui sans doute et à plusieurs reprises, d'obscurs envoyés, de vagues émissaires avaient engagé des pourparlers sous le règne d'Elisabeth : mais nul d'entre eux ne por-

1. Albert Vandal, *les Voyages du marquis de Nointel.* Paris, Plon, in-8°, 1900.

tait de lettres de créance ni d'instructions diplomatiques. Tout autre est la situation du rival de Salignac. L'ambassadeur français a, cette fois, affaire à un représentant officiel, puissant déjà auprès du sultan, reconnu, défendu par son gouvernement et pourvu d'abondants subsides. Ses dépêches, jusqu'aujourd'hui inédites, jointes à celles de Salignac, précédemment connues[1], éclairent d'un jour tout nouveau un épisode, à la fois piquant et original, court et important, de cette rivalité séculaire dont nous sommes encore les témoins.

Nous avons essayé de mettre en scène ces deux ambassadeurs, après avoir repris, toutefois, l'histoire sommaire des relations de la France et de l'Angleterre avec la Turquie.

1. *Correspondance diplomatique de Jean de Gontaut-Biron, baron de Salignac,* éditée par M. le comte Théodore de Gontaut-Biron. Paris, Honoré Champion, 1889.

DEUX AMBASSADEURS

A

CONSTANTINOPLE

CHAPITRE PREMIER

Histoire résumée des relations de la France et de la Porte depuis leurs origines jusqu'au début du xvii° siècle. — Situation brillante des Français. — La France néglige l'Orient pendant les guerres de religion. — Henri III laisse l'Angleterre prendre pied à Constantinople. — Henri IV et Savary de Brèves.
L'Angleterre et la Porte à la fin du xvi° siècle et au commencement du xvii° siècle. — Elisabeth et sa politique. — Jenkinson, Harburn et les premières capitulations. — Situation de l'Angleterre à l'arrivée de Glover à Constantinople.

La France est la première nation européenne qui ait noué des relations amicales avec la Turquie et consacré ses alliances par des traités et des concessions réciproques. Venise était bien en rapport avec Constantinople depuis les croisades[1]; mais le sultan la traitait en vassale plutôt qu'en amie et lui faisait sentir qu'elle

---

1. Des marchands vénitiens avaient commencé à trafiquer avec la Turquie au lendemain de la prise de Constantinople par les croisés.

avait jadis acheté à prix d'or[1] les avantages qu'il accordait gratuitement à « l'empereur de France[2] », considéré par lui comme un égal[3].

L'histoire de nos rapports avec la Porte revient à celle des capitulations[4]. Les différentes concessions de 1535, de 1569, de 1581, de 1604, nous montrent clairement le progrès ou le recul de notre influence en Orient. Les premières capitulations furent signées en 1535, par un chevalier de Saint-Jean de Jérusalem, Jean de La Forest[5]. Elles accordaient aux

1. Quand Mahomet II prit Constantinople, il obligea les Vénitiens à lui verser la somme de 15.000 florins, s'ils voulaient continuer le commerce dans son empire.

2. Ce titre était donné au roi de France, comme étant le plus considérable aux yeux du sultan. La cour de Versailles attachait un grand prix à cette distinction. « Le grand visir s'étant oublié jusqu'à appeler Louis XIV *roi*, celui-ci fit faire des représentations à la Porte sur ce manque d'égard et il en obtint satisfaction. » (Rey, *la Protection dans les Echelles du Levant et de Barbarie*, p. 185.)

3. La liste des titres donnés au roi de France par le sultan se trouve dans Féraud Giraud, *Histoire des Echelles du Levant*. Henri IV y est qualifié « de puissant médiateur et distillateur des continuelles pluies de majesté et de gravité»; Marie de Médicis, «de suprême colonne des dames pudiques».

4. Le nom de capitulation est donné aux traités accordés par le sultan pour bien marquer le caractère de concession dont sont empreints tous les privilèges accordés par le Grand Seigneur.

5. Jean de La Forest appartient à la famille de Pierre de La Forest qui joua un rôle important aux États de 1356, comme chancelier de France.

Français l'autorisation de trafiquer sans payer
d'autres droits que ceux auxquels étaient soumis
les indigènes, d'établir dans les divers centres
commerciaux des consuls qui connaîtraient
des différends survenus entre Français. Elles
leur octroyaient, en outre, le libre exercice de
leur religion et déclaraient qu'aucun sujet du
roi de France ne pourrait être inquiété à raison
des actes de ses compatriotes [1]. Mais ce premier
traité restait muet sur la protection des sujets
étrangers. Ce n'est que dans les capitulations
de 1569, signées par Claude du Bourg [2], que
l'on voit figurer cette clause si importante et si
souvent contestée, depuis, « que la France seule
pouvait accorder son pavillon aux navires
étrangers ». Sélim, en faisant cette concession,
reconnaissait en effet à jamais la suprématie
de la France sur toutes les puissances en rapport avec la Porte [3].

---

1. C'était un sérieux avantage, car, auparavant, tout
étranger était responsable des faits et gestes de ses compatriotes. Ainsi il pouvait, à leur défaut, être jeté en prison
par leurs créanciers et voir ses marchandises confisquées.

2. C'était un descendant du chancelier du Bourg et sans
doute un ancêtre des du Bourg dont parle souvent Saint-
Simon et qui furent, l'un lieutenant-général, l'autre ministre
du roi de Savoie.

3. Le même sultan, ayant été informé par du Bourg que les
Ragusais, comme protégés immédiats de la Porte, voulaient se

De 1569 à 1581, il n'y a pas de nouvelles capitulations : pourtant Sélim était mort[1], et l'usage voulait qu'à l'avènement de chaque sultan on fît confirmer les concessions accordées par son prédécesseur. En effet le roi de France et ses ministres avaient alors des préoccupations d'un autre ordre et singulièrement plus absorbantes. Les guerres de religion déchaînaient alors leur fureur, et la France songeait surtout à se délivrer de ce mal intérieur. Le roi, cependant, n'oubliait pas complètement nos intérêts commerciaux. Il avait toujours auprès du sultan un ambassadeur. C'était alors M. de Germigny, un homme d'un caractère faible et endormi, confiant et facile à tromper. Le goût exagéré qu'il avait pour la chasse lui laissait trop peu de loisirs pour s'occuper sérieusement de son ambassade et il avait vu sans crainte et sans soupçon l'Angleterre prendre pied à Constantinople.

Le sultan avait, en effet, accordé à la reine Elisabeth des capitulations analogues à celles

soustraire à notre domination, les força à s'y soumettre (Masson, *Histoire du commerce français dans le Levant*, introd., p. ii).

[1]. Selim II dit l'Ivrogne, fils de Soliman II, mourut en 1574; ce fut lui qui perdit la fameuse bataille de Lépante.

des Français. Germigny essaya, mais un peu tard, de réparer les fâcheux effets de son incurie, et, en 1581, il obtenait de nouvelles capitulations. Elles détruisaient les privilèges accordés précédemment aux Anglais en les assujettissant à trafiquer en Orient sous notre bannière. Ce fut peine perdue[1]; le pavillon britannique n'en continua pas moins à flotter sur les mers du Levant. La métropole, de son côté, s'inquiétait peu des offenses faites à son représentant[2].

Lorsque Henri IV fut devenu paisible possesseur du trône, tout changea. Le roi très chrétien avait besoin du Croissant, car, plus encore que ses prédécesseurs, il avait à compter avec la puissance de la Maison d'Autriche. Or, à

---

1. Néanmoins, il obtint que les autres nations restassent soumises à cette loi et, par deux fois, il fit emprisonner Paul Mariani, ex-vice-consul à Alexandrie, qui excitait les Italiens à prendre le pavillon anglais et les marchands à se mettre sous sa protection (Masson, *loc. cit.*, introd., p. viii).

2. Lavallée, dans son *Histoire de l'empire Ottoman* (p. 270), allègue un fait particulièrement curieux. Selon lui, l'incurie du Gouvernement Français aurait été telle que, Lancosme se désintéressant complètement de ses devoirs, les intérêts français furent, à la mort d'Henri III, gérés par l'ambassadeur anglais. La présence de dépêches de Lancosme postérieures à cette époque et l'ignorance de la source où Lavallée a puisé ses renseignements nous permettent jusqu'à plus ample information de ne pas admettre ce fait.

plusieurs reprises déjà, la nécessité de combattre cette impérieuse rivale avait contraint les rois de France à faire des avances au Grand-Seigneur [1]. C'était, en effet, d'Espagne que la Ligue avait tiré la plus grande partie de ses ressources. Aussi Henri IV suivait la tradition en resserrant les liens qui unissaient la France et la Turquie.

Il se hâta de rappeler Lancosme, qui avait succédé à Germigny et qui, vraisemblablement, était devenu l'espion de l'Espagne[2], et il le remplaça par Savary de Brèves[3]. Le nouvel ambassadeur avait la mission, un peu difficile, semble-t-il, d'amener le sultan à jeter une

1. François de Noailles, évêque de Dax et ambassadeur pour le roi Charles IX à Constantinople, écrivait à son maître, au sujet des motifs qui avaient poussé la France à entrer en relations avec la Porte. « La troisième cause de l'alliance avec la Turquie a été pour contrepeser l'excessive grandeur de la maison d'Autriche qui avait accumulé sous sa domination les meilleures couronnes de l'Europe (Bibl. de l'Arsenal, ms. n° 4769).

2. Masson, *loc. cit.*, introd., p. VIII.

3. Savary de Brèves prit en Orient la même part à l'exécution des desseins d'Henri IV que le président Jeannin dans les Provinces-Unies. C'était, dans une nature plus entreprenante, le même fond de ferveur religieuse et de dévouement monarchique, la même habileté à tourner les obstacles ou à saisir une occasion favorable, le même mélange de fidélité et d'indépendance (Lacombe, *Henri IV et sa politique*, p. 366).

armée turque sur les côtes de l'Espagne[1]. S'il ne réussit pas dans cette entreprise hardie, du moins il ne tarda pas à relever notre situation en Orient.

La puissance toujours grandissante d'Henri IV, les propositions d'alliance qu'il recevait sans cesse des princes chrétiens aidèrent beaucoup Savary dans sa tâche.

En 1597, de nouvelles capitulations furent signées : elles confirmaient tous nos privilèges et, en particulier, notre droit de protection sur les nations étrangères, mais avec une restriction qui exceptait les Vénitiens et les Anglais. Ce n'était, à vrai dire, qu'un demi-succès.

Nos adversaires, voyant qu'ils avaient affaire à forte partie, redoublèrent d'intrigues et de zèle. Cependant, le sultan devenait de plus en plus favorable aux projets d'Henri IV et allait jusqu'à accorder à Savary de Brèves un firman menaçant les Marseillais de la guerre s'ils se jetaient dans les bras de l'Espagne[2]. Enhardi

---

1. « Veuillez presser le sultan de confirmer la venue d'une armée sur les côtes d'Espagne » (Henri IV, *Lettres missives*, t. IV, p. 496).

2. Rey, *la Protection dans les Echelles du Levant et de Barbarie*. Paris, Larose, 1899, in-8°.

par ces marques de faveur, Henri IV enga-
geait son ambassadeur à réagir encore plus
fortement contre les prétentions britanniques[1].
C'était en vain d'ailleurs, car, malgré les efforts
de Savary, les Anglais, en 1600, obtenaient du
sultan « que les étrangers sans ambassadeur à la
Porte pussent se servir de la bannière anglaise
et de la protection des consuls anglais[2]. » Cependant ils ne devaient pas longtemps profiter de
cet avantage. Élisabeth, en effet, mourait sur ces
entrefaites, et son successeur Jacques Ier, que la
théologie intéressait plus que le commerce de
son royaume, se désintéressait pour sa part de
la situation des Anglais en Orient. Savary
redoubla d'activité, Henri IV, de menaces, si
bien qu'en 1603, Mohammed III étant mort, le
sultan Achmet nous accordait de nouvelles
capitulations annulant les avantages consentis
aux Anglais par le traité de 1600.

Tel était donc l'état de nos rapports avec la
Porte à l'arrivée de Salignac. Le terrain perdu
par nous était en partie reconquis. Si l'on
n'avait pu interdire complètement l'entrée de
Constantinople aux émissaires anglais, l'am-

1. Henri IV à de Brèves. *Lettres missives*, t. IV, p. 761.
2. Masson, *Histoire du Commerce français dans le Levant*,
introd., p. IX.

bassadeur français avait repris la première place : il gardait la préséance sur tous les autres envoyés des souverains [1].

*
* *

Pourtant, la présence d'un agent anglais à Constantinople n'en constituait pas moins pour nous un réel et perpétuel danger.

L'Angleterre avait profité de nos querelles intestines pour prendre pied en Orient, et l'incurie d'ambassadeurs tels que Germigny avait favorisé ses empiétements. Il reste à dire quelle était la situation de cet agent semi-officiel, comment il l'avait acquise et comment il prétendait la conserver.

La reine Élisabeth, avec un sens merveilleux, avait compris que l'Angleterre, et par sa situation insulaire et par l'exiguïté relative de son territoire ne pourrait jamais acquérir en Europe une grande puissance continentale.

1. Lancosme frappait au visage un envoyé de l'empereur qui avait osé lui disputer le pas dans une cérémonie, et Henri IV recommandait à de Brèves de ne souffrir aucune atteinte à cette prérogative. L'instruction donnée à Salignac portait la même injonction.

Mais, si ce pays n'avait pas, comme la France,
l'avantage de toucher directement par ses fron-
tières aux contrées environnantes, il avait sur
elle une grande supériorité : il était défendu et
protégé par la nature elle-même. L'Angleterre
pouvait donc parcourir les océans sans craindre
de voir sa retraite coupée ou son sol envahi.
Élisabeth s'était pénétrée de cette vérité et,
durant tout son règne, elle chercha à donner
l'essor aux aptitudes merveilleuses que son
peuple avait pour le commerce.

A l'aurore du xviiᵉ siècle, l'Orient était le principal centre commercial. La fertilité des côtes
méditerranéennes, la navigation facile dans ces
parages, la richesse et la nouveauté des pro-
duits du Levant avaient pour ainsi dire con-
centré dans les limites de cet océan toute l'activité du commerce européen. Certaines nations,
il est vrai, comme les Portugais, s'étaient
risquées vers d'autres contrées inconnues, vers
les Indes ou le Nouveau Monde, mais c'étaient
de lointains et périlleux voyages. Élisabeth ne
pouvait ni ne voulait exposer sa marine nais-
sante. La Méditerranée était proche, pleine de
ressources et de richesses; il fallait à toute
force y pénétrer. Mais la France veillait, et
Venise guettait. Élisabeth ne se sentait pas assez

forte pour braver ouvertement ces deux nations.
La ruse et la dissimulation lui parurent de
rigueur.

Dès 1553, un simple capitaine anglais avait
pour son propre compte obtenu du sultan une
manière de capitulation[1]. Ce succès de Jenkinson excita encore davantage chez Élisabeth
le désir de voir figurer l'Angleterre comme
nation libre à la Porte. La première chose à
faire dans ce but était de trouver un homme
capable de plaider la cause des Anglais auprès
du Divan. Mais, d'autre part, cet envoyé ne
pouvait venir officiellement à Constantinople[2];
c'eût été donner l'éveil aux nations rivales; et, de
plus, comment le sultan accueillerait-il les
ouvertures? Le plus sage était de faire choix
d'un Anglais habitant déjà l'Orient et familier
avec la vie et les mœurs des Ottomans. Il fallait, en outre, qu'il fût dans une position

---

1. From Solyman he (Jenkinson) obtained a safe conduct
or privilege, permitting him, to trade in Turkish ports with
his ship or ships or other vessels without hindrance and
free of any extrordinary custom» (*Dictionnary of National
Biography*. London, 1892, article *Jenkinson*).

2. C'était l'absence d'ambassadeurs attitrés qui avait décidé
le sultan à donner à la France le droit de protection sur les
autres nations : la venue de tout nouvel ambassadeur lui
portait donc atteinte.

humble et obscure, afin de rentrer dans l'ombre
au premier soupçon.

La reine Elisabeth jeta son dévolu sur un
marchand, William Harburn [1], résidant depuis
fort longtemps à Constantinople. Elle le manda
à Londres sous un prétexte quelconque et lui
expliqua elle-même la tâche qu'il aurait à rem-
plir. Harburn nous est très mal connu à cause
même du caractère mystérieux dont était
entourée sa mission [2]. Mais sa conduite et la
rapidité avec laquelle il arriva à son but font
présumer que c'était un esprit de haute valeur
et habile à connaître les hommes. Au début,
tout alla bien. Germigny s'endormait dans une
trompeuse sécurité ; le Baile de Venise ne se
méfiait point de celui qu'il croyait encore un
simple marchand. Mais, quand Harburn voulut
obtenir du sultan de véritables capitulations,
les deux ambassadeurs s'alarmèrent, s'agitèrent,
menacèrent tour à tour la Porte du roi très

1. In the same year (1579) William Harburn, an English
merchant, was sent into Turkey, by queen Elisabeth... (*Origine of the British Commerce*, II, 149). Le même renseignement
se trouve dans Macpherson (*Annals of Commerce*, t. II, p. 165 ;
Londres, 1805, in-8°).

2. C'est ce qui explique aussi le silence des archives anglaises sur son compte : ses dépêches, s'il en envoyait, étaient
secrètes et seulement connues de la reine Elisabeth.

chrétien et de la Sérénissime République ; rien
n'y fit : les coffres de l'Anglais étaient bien
garnis et il obtint des capitulations[1]. L'Angleterre jeta le masque : elle avait, dès lors les
mêmes privilèges que la France[2], c'est-à-dire
droit de pavillon et de protection pour les étrangers qui n'avaient pas d'ambassadeur à Constantinople, droit de justice pour différends survenus entre sujets anglais. Germigny et le
Baile étaient joués !

La France, pourtant, ne s'émut guère. Henri III
fit savoir vaguement à Germigny qu'il ne voulait pas reconnaître Harburn ; puis, oubliant
de nouveau l'Orient, il se laissa absorber par
les guerres de religion.

Élisabeth avait bien choisi le moment oppor-

---

1. Le sultan accéda à la demande de Harburn malgré
les vives oppositions des ambassadeurs de France et de
Venise, donnant pour raison que la Sublime Porte était
ouverte à tous ceux qui y venaient chercher protection
(Lavallée, *Histoire de la Turquie*, II, 218). *Letters from the
Imperialle Musulmanlike Highness, of Zultan Murad Can,
to the sacred regall Majestie of Elisabeth, queen of England,
the fifteenth of March 1579, conteynnig the grant of the
first privileges* (Hackluyt, *The principal navigations. Voyages
of the English Nation*. London, 1598, II, part. I, p. 137).

2. Après de longues recherches, nous avons trouvé le texte
exact de ces premières capitulations dans Herstlett (*A Complete collection of the Treaties and conventions between great
Britain and Foreign Powers*, édition 1827, Londres, t. III,
p. 346 seq.).

tun ; elle avait l'expérience des discordes civiles
et connaissait à fond Henri III. Elle n'hésita
donc point à poursuivre sa marche en avant.
Bien lui en prit : car l'opposition française
cessa peu à peu et les protestations s'apaisèrent.
Élisabeth pouvait avec raison croire la bataille
gagnée : Lancosme, notre ambassadeur, était,
comme nous l'avons vu, suspect de trahison ; et
la Ligue, toujours furieuse, détournait l'attention
d'Henri IV. Bientôt Élisabeth, heureuse de notre
inaction, s'alliait en Europe avec le roi de
France, lui fournissait ou plutôt lui promettait
des secours contre la Ligue, voulant ainsi
mériter sa reconnaissance, après avoir travaillé pour elle-même. Henri de Navarre,
devenu paisible possesseur du trône, continua
officiellement ses relations amicales avec l'Angleterre : mais la question d'Orient avait depuis
longtemps attiré son attention, et il se décida
dès lors à réparer les effets de l'incurie
d'Henri III.

Comme nous l'avons dit, il renvoie brusquement Lancosme[1], le remplace par de

---

1. La question d'Autriche était aussi pour Élisabeth un
danger : la réaction contre le protestantisme pouvait franchir
le détroit.

Brèves, parle en maître qui entend ne pas laisser prescrire ses droits. Mais les Anglais étaient déjà trop solidement établis à Constantinople pour que l'on pût remettre les choses en leur ancien état. Tout ce que de Brèves put obtenir, ce fut le droit de protection sur toutes les autres nations européennes. Les convoitises de nos rivaux étaient comprimées pour le moment ; on ne nous laissait pas espérer davantage.

Elisabeth mourut en 1603. Henri IV put croire un instant qu'il allait de nouveau être le maître incontesté de l'Orient. Jacques Ier, en effet, semblait être un prince apathique et peu entreprenant, plus occupé de controverses religieuses que de politique. Mais ce qui nous paraît un défaut constituait pour lui une force : l'activité incessante de ses agents n'était pas réfrénée par la volonté du souverain et les réclamations que lui adressaient les princes étrangers restaient sans réponse.

Telles étaient donc les situations respectives des deux pays à la cour du Grand-Seigneur à l'époque où nous allons voir à l'œuvre nos deux ambassadeurs.

CHAPITRE II

Naissance et famille de Salignac. — Son amitié pour Henri IV.
— Le roi le veut nommer ambassadeur à Constantinople.
— Il refuse, puis accepte. — Son départ, instructions du roi.
— Son itinéraire. — Il arrive à Constantinople. — État et
principaux personnages de la cour du sultan. — Il prend
officiellement possession de son poste.

Salignac et Lelo. — Bonne entente entre ces deux ambassadeurs. — Arrivée de sir Thomas Glover. — Ses origines.
— Impression qu'il fait sur Salignac. — Son attitude vis-
à-vis de Lelo. — Ses instructions. — Cérémonie du baise-
main. — Il prend possession de son poste. — Son incivilité
pour Salignac.

Jean de Gontaut-Biron naquit en 1533[1], au
château de Salignac[2]. Il était le fils aîné d'Armand de Gontaut et de Jeanne de Salignac. Son
père avait dû vendre son patrimoine pour conserver le fief de Salignac, qui lui venait de sa
femme. Jean de Gontaut prit le titre de baron

---

1. La Chesnaye des Bois (t. VII, article *Gontaut*). Au dire
du P. Anselme la maison de Gontaut est une des douze premières de France. A une rare ancienneté, elle joint l'honneur d'avoir donné à la France quatre maréchaux et un
amiral.

2. Ce manoir est situé dans la Dordogne.

de Salignac ; ce qui, d'ailleurs, a été la cause de fréquentes méprises[1] à l'égard de notre personnage, ce nom ayant été presque toujours porté par la maison de Fénelon.

Son nom[2] et ses qualités natives le prédestinaient à une carrière brillante. Les Gontaut, originaires du Midi[3], étaient alors protestants et, par suite, en très grande faveur à la cour de Navarre[4]. A peine monté sur le trône de France, Henri IV les combla d'honneurs[5]. Son affection

1. Henri IV (*Lettres missives*, t. VI, p. 271). Salignac est qualifié dans une note de Baron de la Mothe Fénelon, fils de Jean de Salignac et d'Anne de Pelegrue, neveu de Bertrand de Salignac, mort en se rendant à son ambassade d'Espagne, et grand-père de l'immortel archevêque de Cambrai, tandis qu'en réalité sa parenté avec Fénelon était seulement maternelle et des plus éloignées. Pour l'établir, nous avons dressé sa généalogie au moyen des documents conservés au Cabinet des Titres de la Bibliothèque nationale (Dossiers bleus, Fénelon). Exactement son père était le cousin issu de germain du trisaïeul de l'illustre Fénelon.

2. Il était le cousin issu de germain du premier maréchal baron de Biron, père lui-même de l'infortuné maréchal, duc de Biron, qu'une trop grande ambition détourna du droit chemin.

3. Le village et la seigneurie de Gontaut se trouvent dans le Lot-et-Garonne.

4. Le père de Salignac était lui-même « conseiller du privé conseil, chambellan du roi de Navarre et son lieutenant-général au comté de Périgord et vicomté de Limoges » (P. Anselme, t. VII, p. 309).

5. Armand de Gontaut-Biron, créé maréchal de France en 1590 ; Charles de Gontaut-Biron, créé duc, pair, amiral et maréchal de France en 1598.

pour le vieil Armand, à qui il devait en grande
partie Arques, est restée célèbre. Du côté mater-
nel, Salignac avait aussi de nombreux appuis[1].

Ami d'enfance du roi de Navarre, il avait
laissé voir de bonne heure au Béarnais ses dons
naturels que devait rehausser encore un dévouement sans bornes[2]. Il avait contracté avec lui
une de ces vives amitiés qui, prenant naissance
à l'aurore de la vie, s'épanouissent en se forti-
fiant à mesure que l'âge mûrit les caractères.
Devenu roi de France, Henri l'éleva au grade de
maréchal de camp et lui confia, dès 1594, le gouvernement du Limousin[3], province en proie aux
désordres et aux troubles. Salignac, au bout de
cinq ans, après avoir complètement pacifié le
pays, se démit de sa charge en faveur du vicomte
de Châteauneuf[4] et revint à la cour de Henri IV ;
il y séjourna deux ans[5], constamment attaché

---

1. Il avait pour oncle Bertrand de Salignac, seigneur de
La Mothe-Fénelon, ambassadeur pour le roi en Angleterre et
chevalier de ses ordres, mort en 1559.

2. « J'ai servi quarante-deux ans sans intermission le feu
roy vostre frère sans que la contagion du siècle m'aye tant
soit peu esbranler, non pas mesme à jeter les yeux sur nul
aultre maistre » (Salignac à Louis XIII, septembre 1610) (Bibl.
nat., fr. 16146, 3° 126).

3. Bibl. nat., ms. fr. 22252. Coll. Gaignières, f° 78.

4. Bibl. nat., ms. fr. 22252. Coll. Gaignières, f° 78.

5. Gontaut-Biron (*Ambassade de Salignac*, Introd., p. LV).

à la personne du prince. L'intimité de ses relations lui permit de connaître à fond son maître
et, soit en le conseillant, soit en l'interrogeant,
il devina les projets secrets du souverain et péné-
tra complètement ses desseins.

Cette expérience, aussi rare que difficile,
lui devait être d'un précieux secours à Constantinople, dans des circonstances où, faute d'instructions précises, il devait conjecturer ce que
son maître ferait à sa place et ne prendre conseil
que de lui-même. Pour bien servir Henri IV, il
fallait, en effet, un esprit d'une grande souplesse capable de ménager les partis [1], de gagner
du temps, d'attendre son heure.

En 1603, Henri IV confia le poste d'ambassadeur à Rome à Savary de Brèves, et il songea
tout naturellement à Salignac pour le remplacer
à Constantinople. Tout d'abord, celui-ci déclina
l'offre du souverain, ne voulant pas quitter la
France où le retenaient de nombreux et chers
intérêts [2]; il fallut qu'Henri IV le suppliât à plusieurs reprises et lui fît valoir les titres qu'il

1. Savary de Brèves, n'ayant pu ménager à la fois la Turquie et l'Angleterre, s'attira la colère de Henri IV qui voulut
le rappeler brusquement en 1599. Sa colère passée, il renonça
à ses projets (*Lettres missives*, t. V, p. 123 et suivantes).
    2. Il avait épousé la petite-fille du chancelier de l'Hospital.

avait à son dévouement avant qu'il acceptât[1].

Il était, en effet, bien digne du poste où l'élevait la confiance de son roi. D'une robuste constitution, fortifiée encore par une mâle éducation et par la vie des camps[2], de grande taille[3], de mine hautaine et cavalière, il incarnait bien le type de ces valeureux soldats du temps, l'épée toujours au poing et l'honneur toujours sauf. Il était né pour la lutte et, en maints combats, il s'exposa au danger avec une rare intrépidité[4]. Il possédait, en outre, une intelligence vive et alerte, aussi bonne sur le champ de bataille[5] que dans les délibérations du cabinet, une fougue

1. Le roi lui envoya avant son départ le collier du Saint-Esprit, avec la permission de porter le cordon bleu sans l'investiture : ce qui explique que beaucoup d'auteurs ont négligé de le compter parmi les chevaliers de l'Ordre.

2. Il commença de bonne heure à porter les armes, fit partie de la compagnie du prince de Navarre dès 1571 et assista en 1572 au siège de la Rochelle.

3. Il avait le corps fort beau, fort grand et fort gros (*Chronique de Jean Tarde, chanoine de Sarlat*, publiée par le vicomte de Gérard).

4. « Jean de Biron de Salagnac, très grand et signalé capitaine, vray Mars des armes, qui reçust dix-sept playes sur son corps en un grand nombre de sièges et de sanglantes batailles. » (*Oraison funèbres du fils de Salignac*, par le P. de Canillac.) A la tête d'une poignée de gentilshommes, Salignac enleva d'assaut la ville de Fleurance sous le feu des ennemis.

5. Ses capacités militaires furent signalées au roi par le maréchal de Biron, sous les ordres duquel il servait comme **maréchal de camp**.

impétueuse, un caractère volontaire et parfois emporté[1], un sentiment de l'honneur de son roi poussé à un extrême degré. Il réunissait, en un mot, toutes les qualités d'un ambassadeur qui doit savoir parler en maître et appuyer ses demandes de la pointe de l'épée.

Henri IV le fit venir à Montceau et lui remit une instruction détaillée de tout ce qu'il devait faire en Orient (juillet 1604). L'exécution des ordres d'Henri IV dans cette circonstance demandait une grande souplesse diplomatique, car il fallait essayer de reprendre le terrain que l'Angleterre, à la faveur de nos dissensions intérieures, avait gagné sur nous, sans toutefois compromettre l'alliance que le roi tenait à garder avec

----

1. Son duel avec Guillaume de Durfort de Duras en est une preuve.

2. « Il y a quelque temps que les Anglais du temps de la feue royne d'Angleterre obtinrent du Grand-Seigneur permission de trafiquer dans les échelles de son empire, sous la bannière anglaise au préjudice de celle de la France... Si le dict baron de Salignac, marchant dedans les mesmes pas dudict sgr. de Brèves, entreprend de faire renverser l'autre bannière anglaise comme possible, selon l'état qu'il trouvera les affaires, il sera conseillé de le faire. Il ne s'y embarquera légèrement, s'il ne conaisse en venir à bout, afin de n'offenser inutilement et mal à propos le roi d'Angleterre. Mais s'il juge pouvoir metre à terre la dicte bannière anglaise, Sa Majesté désire qu'il n'en perde point l'occasion. » (Art. 20 de l'*Instruction baillée au baron de Salignac, à son départ pour Constantinople.* Bibl. nat., fr. 16171, f° 220.)

Jacques Ier en Europe. Certes la prospérité du
commerce français en Orient intéressait vive-
ment Henri IV ; mais l'Espagnol était à nos
portes, proche et toujours menaçant ; l'Angleterre, contre lui était notre plus ferme appui. Le
roi subordonnait tout à cette considération. La
tâche de Salignac était donc difficile, il s'agissait de reprendre peu à peu et sans éveiller de
susceptibilités jalouses la puissance perdue ou
plutôt abandonnée. Avec la vigilante Elisabeth,
c'eût été impossible ; l'incurie de son successeur
laissait quelque espoir.

Muni de ses instructions, Salignac quitta Paris
le samedi 4 septembre 1604. Le roi lui ayant
enjoint de ne prendre la mer qu'à Venise, il
sépara « son train en deux, envoyant une partie
par l'Italie, l'autre par l'Allemagne ». Il passa
par Nancy, où il fut « le bien reçu et mieux
festoyé de Son Altesse de Lorraine », par Stras-
bourg, Stuttgard, Munich, « où le duc de Bavière[1]
le reçut, le traita et l'honora magnifiquement »,
par Inspruck, où il crut voir « la sépulture de
Clovis, premier roi chrestien de France[2] ». Il

---

1. Maximilien, duc de Bavière depuis 1598.
2. Bordier, *passim*.

arriva à Venise vers le 5 octobre 1604[1]. Il y séjourna une dizaine de jours, reçu par le doge et les hauts dignitaires. Il les assura, comme le portait son instruction, des bonnes intentions du roi à leur égard. Il leur fit part aussi « du commandement qu'il avait reçeu de Sadicte Majesté de faire pendant tout le temps de sa légation tous les bons et utiles offices qu'il pourrait en bénéfice de leurs affaires ». Il s'acquitta ensuite de la mission que le roi lui avait confiée pour la seigneurie de Raguse[2]. Puis, ayant visité successivement Corfou, Navarin, Milo, il arriva enfin à Constantinople le 6 janvier 1605[3], « non sans avoir été fortement ennuyé et malmené par les vents[4] ». Il descendit au fort de Tapana (Tap-Chana) « avec canonnade et parement d'estendards, flammes, banderolles et autres choses démonstratives de jouis-

1. Bordier dit « qu'il arriva à Venise le 10 de septembre de l'an 1604, vingt-cinq jours avant l'arrivée de monseigneur l'ambassadeur ».

2. « Le dit baron de Salignac continuera son chemin par Raguze, où il visitera aussi la dite seigneurie de la part de Sa dite Majesté et l'asseurera de sa bonne volonté» (*Instruction donnée à Salignac*, art. 11).

3. L'ambassadeur et sa suite étaient montés sur deux galères turques commandées par Aly Rais et Murath Guyaya, renégat marseillais (Bordier).

4. Bordier, *passim*.

sences[1] ». M. de Brèves vint à sa rencontre, le
reçut avec de grandes démonstrations d'amitié
et, pendant un mois il lui donna l'hospitalité la
plus cordiale[2].

Le sultan auquel Salignac allait avoir affaire
était Achmet Ier, fils de Mahomet III. Il était
monté sur le trône deux ans auparavant, à l'âge
de quinze ans[3]. Prince d'une rare faiblesse, soit
par tempérament et par goût, soit à cause de son
inexpérience et de son extrême jeunesse, il se
mêlait rarement des affaires de l'Etat. Il vivait
engourdi au fond de son sérail et avait remis au
grand-vizir les rênes du pouvoir. Salignac devait
donc chercher à s'attacher ce personnage encore
plus que le sultan. Aussi sa première visite
fut-elle pour lui. Ce grand vizir ou vizir Azan[4]
était assez favorable à la France. Cette bonne
disposition était moins due encore à la justice
de notre cause qu'à l'influence de Savary de

1. Bordier, *passim*.
2. *Ibid.*
3. Suivant l'expression d'un poète turc, « il est le premier
de tous les fils d'Osman qui posséda l'empire avant d'avoir
porté l'étendard », c'est-à-dire avant d'avoir atteint l'âge mûr.
4. Il est qualifié Azan, d'abord pour exprimer sa grandeur
et son autorité, et ensuite opur le distinguer des cinq autres
vizirs subalternes qui ne font que l'aider dans cette charge
considérable.

Brèves. Ce diplomate, en effet, avait su, par sa franchise et sa loyauté, durant un séjour de vingt années, vaincre toutes les résistances et se concilier l'affection de tous les dignitaires de la Porte. Le vizir reçut donc Salignac avec force civilités et démonstrations d'amitié et lui promit de défendre toujours ses intérêts. Malheureusement le Turc était d'un caractère changeant et d'une étonnante crédulité. Il prêtait l'oreille aux témoignages les plus suspects et aux affirmations les plus incroyables, surtout si elles étaient accompagnées de présents [1].

En un mot, c'était un homme vénal et sur lequel il ne fallait point trop compter.

Au-dessous du premier vizir, se pressaient à la cour une multitude d'officiers et de dignitaires detoute sorte et de tout grade, pachas, chaoux, chabargis, muets. Salignac n'eut jamais

---

[1]. « La cupidité des Turcs est proverbiale : elle n'a d'égal que leur cynisme. Un ambassadeur de France, voulant un jour obtenir du grand-vizir le règlement d'une contestation, invoqua les capitulations : le ministre lui prit le traité des mains, et le plaçant sur le rebord de la fenêtre, l'exposa au vent, qui l'emporta bientôt. Il le fit alors rapporter par un de ses officiers, le replaça au même endroit et mit dessus une bourse pleine d'argent, puis se tournant vers l'ambassadeur : « Voyez-vous, lui dit-il, comme il faut donner du poids aux capitulations pour que le vent ne les emporte pas comme il a fait tout à l'heure. » (Rey, *la Protection dans les Echelles du Levant et de la Barbarie*, p. 181.)

rien à traiter avec eux et se borna, à son arrivée, à leur distribuer les présents d'usage[1].
L'ambassadeur français trouva aussi un utile
appui en la personne du capoudan-pacha[2]. C'était
une manière de généralissime de la flotte ottomane qui, à maintes reprises aida Salignac à
réprimer l'insolence des Anglais et des Barbaresques.

Le 5 mai 1605[3] eut lieu la cérémonie solen-
nelle du baise-main, où Salignac, accompagné
de Savary de Brèves et de tout le personnel de
l'ambassade, remit au sultan ses lettres de
créance[4]. A cette occasion, il fit au Grand-Seigneur une longue harangue[5]. Il vanta la puissance et la richesse du roi son maître, détailla les
forces considérables dont il pouvait disposer. Il
montra à Sa Hautesse nombre de nations enne-

---

1. Il existe aux Archives nationales (K, 1312) une liste des
présents que tout ambassadeur doit, à son arrivée, distribuer
autour de lui. Le sultan lui-même est inscrit sur cette liste
considérable ; les présents consistaient toujours en étoffes
précieuses, vestes ou tapis, jamais en argent monnayé.
2. « Le capoudan-pacha fut un ami de Mgr de Salignac :
il se nommait Cali-Pacha et était auparavant Janissaire-aga
ou chef des janissaires » (Bordier, ms. fo 293).
3. Bordier, *passim*.
4. Cette cérémonie est rapportée au long dans Bordier et
dans Gontaut-Biron (*Ambassade de Salignac*, p. 65 et suivantes).
5. Gontaut-Biron, *idem.*, p. 73 et suivantes.

mies du Turc, la Perse, l'Autriche, l'Espagne, sollicitant l'alliance d'Henri IV, qui, par affection pour le sultan, avait écarté jusqu'ici leurs propositions. En revanche, il lui demandait de mettre fin aux brigandages des Barbaresques, de faire reconstruire un bastion qu'ils avaient détruit en Barbarie et de faire mettre en liberté les nombreux captifs français qui remplissaient les prisons. On est étonné du silence que garda Salignac sur les difficultés pendantes avec l'Angleterre, mais le roi lui avait recommandé de ne pas offenser inutilement Jacques Ier et, comme l'agent de l'Angleterre assistait à l'audience, Salignac jugea avec raison qu'il ne fallait point lui donner l'éveil. Le sultan lui promit d'ailleurs satisfaction[1].

Salignac prit alors officiellement possession de son poste. Savary de Brèves, après l'avoir mis au courant des affaires, quitta Constantinople.

Quelques jours après, Salignac alla rendre visite à l'agent de l'Angleterre et au Baile de Venise. Les relations de la France et de la République étaient alors très amicales, Salignac avait tout intérêt à les resserrer davantage. C'était

---

1. Gontaut-Biron, *Ambassade de Salignac*, p. 81 et suiv.

d'abord aux courriers vénitiens que les dépêches de France étaient confiées, et ensuite Venise était notre plus utile auxiliaire contre l'Angleterre. Elle voyait en effet d'un mauvais œil cette nation s'établir dans des parages, où jadis elle avait eu le monopole du commerce. Si elle s'était prêtée assez volontiers à l'introduction de la France dans les mers du Levant, ce n'était que par exception et seulement en raison de l'amitié qui l'unissait au roi de France. Pour elle comme pour nous, la venue de tout nouvel ambassadeur était un préjudice porté à ses intérêts.

* * *

Sir Thomas Glover, le futur adversaire de Salignac, n'arriva à Constantinople que dans le mois de janvier 1607[1]. Dans les premiers temps de son ambassade, Salignac eut affaire à un certain Henry Lello, qui semble avoir entretenu avec lui des relations non seulement pacifiques, mais amicales. Si nous en croyons Bordier, cet agent semi-officiel était un homme des plus respectables : « personnage autant honorable qu'homme de sa qualité », et qui fut un des pre-

1. Salignac au roi, 9 janvier 1607.

miers à accueillir Salignac à son arrivée « Il
bienvenia le Seigneur ambassadeur et les gens
de sa suite autant honorablement qu'il fut possible, n'y oubliant nulles sortes de caresses, com-
pliments et cérémonies. » Il lui rendit, en outre,
un service appréciable en lui fournissant ce
dont il manquait à ses débuts. Il le visitait sans
cesse, l'accompagnait chez les principaux dignitaires de la Porte, lui témoignait enfin sans
aucun air de protection une très grande bien-
veillance. Il l'initia, en outre, aux secrets de
la politique turque, à ses ruses et à ses strata-
gèmes ; enfin, loin de le regarder comme un rival
dangereux, il le traita plutôt en ami et en allié.
Son maître, cependant, lui avait donné des instructions très sévères à l'égard de Salignac ;
mais, tout en observant sa consigne, il prit soin
de ne jamais offenser notre ambassadeur. Ainsi,
bien qu'on eût appelé son attention sur la préséance qu'on lui imposait sur tous les autres
envoyés des princes d'Europe, il sut à ce sujet
éviter tout conflit avec Salignac. Même, un jour,
se trouvant avec lui chez le grand vizir, il pré-
féra rester dans une pièce à part, « afin de ne
point entrer en dispute sur ce chapitre [1] ». Dans

1. Salignac au roi, 29 mars 1606.

plusieurs circonstances enfin, où le Bassa avait
offensé Salignac, ce fut lui qui les réconcilia et
fut chargé de porter à l'ambassadeur français les
excuses du Divan[1]. Salignac le tenait en haute
estime et, même lorsqu'il fut remplacé par sir
Thomas Glover, il continua à entretenir avec
lui des relations très cordiales, l'admettant souvent à sa table, l'invitant à chasser avec lui.
En effet, bien que relevé de ses fonctions,
Henry Lello n'en resta pas moins plusieurs
années à Constantinople. Si nous devons en
croire les sources anglaises, ce complaisant
envoyé fut peut-être même trop ami de Salignac[2]. Son successeur ne voyait dans son
séjour à Constantinople qu'un long espionnage
dirigé contre l'ambassade anglaise. Aussi, à
diverses reprises, l'accuse-t-il dans ses dépêches
d'être de connivence avec Salignac[3]. Ces accu-
sations semblent d'ailleurs peu justifiées ; leur
fondement en est sans doute dans la bonne
amitié qui liait les deux hommes et qui excitait
la jalousie de sir Thomas, furieux de ne se point
voir admettre dans l'intimité de Salignac.

---

1. Salignac à Villeroy, 14 octobre 1606.
2. Sir Thomas Glover au comte de Salisbury, 18 mars 1607.
3. Le même au même 8 mars, 16 avril, 2 mai 1607.

Ainsi, durant plus d'une année, les deux représentants et leurs subordonnés vécurent en paix, et la disgrâce de Lello, remplacé cette fois par un ambassadeur en titre, fut d'autant plus désagréable à Salignac que les procédés de son successeur lui causèrent plus de mécontentement. Peu après l'arrivée de Glover, la paix fut, en effet, troublée, et des querelles et des ennuis de tout genre vinrent assaillir notre ambassadeur.

Sir Thomas Glover débarqua à Constantinople au commencement du mois de janvier 1607[1]. C'était, paraît-il, un homme de médiocre extraction. Dans l'instruction qui lui fut remise à son départ[2], il est qualifié de garde du corps. Salignac, au contraire, affirme qu'il avait été valet, puis secrétaire de Burton, jadis agent secret de l'Angleterre à Constantinople. Quoi qu'il en soit, l'impression qu'il fit à ses débuts sur les Français et même sur ses compatriotes fut plutôt fâcheuse : « C'est une nature brouil-

1. Salignac au roi, 9 janvier 1607.
2. Rymers, *Fœdera*, t. VII, p. 155..... « qui est ex eorum numero et ordine qui nobis ad custodiam corporis nostri inserviunt. » Jacques Ier, dans une lettre au sultan, 16 août 1606, appelle Glover « esquire of our body ». — Une lettre de Lello à Salisbury, 15 janvier 1607, prouve que Glover avait été à son service (*State Papers, Turkey*, vol. V).

lonne, écrit Salignac au roi peu de temps après son arrivée ; il fait mille sottises qui, partout ailleurs, mériteraient la marote. Sa conduite est fâcheuse et irrite nombre de marchands anglais qui veulent demander son rappel : ses furies et ses cruautés font fuir en ma maison une multitude d'Anglais qui disent merveille de ses déportements[1]. » Salignac, en sa qualité de Gascon, exagérait-il les défauts ou les travers de son adversaire ? D'après sa correspondance, Glover nous apparaît comme un Anglais de vieille roche « a lover of our nation[2] », passionné pour son roi et pour son pays, mais violent, haineux, emporté, d'un esprit soupçonneux, d'une âme basse et vénale, estimant qu'avec de l'argent on arrive à tout et que, pour réussir, tous les moyens sont bons. La haine dont il poursuit Lello en particulier, et qui s'exhale de presque toutes ses dépêches, est loin de nous le rendre sympathique[3]. Dans son ressentiment contre son prédécesseur, il va même jusqu'à affirmer hautement que, s'il vient à être victime d'un

1. Salignac au roi, 9 janvier, 29 mars, 12 mai, 30 mai 1607.
2. Lello à Salisbury, 19 mars 1607. *St. Papers, ibidem.*
3. « He has merited severe punishment, for wich by your Lordshipp at his arrivall in England, I hope he will be rewarded. » (Glover to the Earl of Salisbury, 2 may 1607.)

complot, c'est Lello qui sera la cause et le
principal instigateur de sa mort éventuelle[1] ;
une pareille imputation est bien de nature à
inspirer des doutes sur sa modération et même
sur sa droiture et sa véracité.

L'instruction que Jacques I[er2] lui remit à
Greenwich, le 10 août 1606[3], est rédigée en
latin : elle confère à l'ambassadeur Glover le
droit de protéger ses compatriotes, de fonder des
comptoirs là où bon lui semblerait, d'établir
des consuls dans ces comptoirs et de régler les
différends survenus entre Anglais. Glover est
envoyé à Constantinople comme « messager,
chargé de pouvoir et agent du roi[4] » ; il n'y est
nulle part question de la France : il est à
présumer qu'outre cette instruction officielle, il

1. « I have made a certificate thereof under his Majestys
scale and my owne hand... and delivered the same unto my
wife here, that fi after this day, this conspiracye should be
effected and with lmy blood finished, that M. Lello was a
principall instrumental cause thereof and that y stayeth
here for no other ende, but my murther, to take away my
life » (Glover to the Earl of Salisbury, 16 aprill 1607).
2. Il s'y intitule « Magnæ Britanniæ, Franciæ et Hiberniæ
rex. »
3. Datum e Palatio nostro Grenvicensi, die decimo sexto
mensis augusti, anno Domini millesimo sexcentesimo sexto,
regnique nostri prœdicti quarto. »
4. Eum oratorem Nuncium, Procuratorem et Agentem nostrum verum et indubitatum ordinamus. »

était porteur d'ordres restés secrets à cause de l'apparente amitié des rois de France et d'Angleterre.

La première dépêche qu'il envoie à Salisbury est datée du 29 décembre 1606. C'est seulement dans une lettre du 9 janvier 1607 que Salignac annonce son arrivée au roi. Il arriva, dit notre ambassadeur, « portant de très beaux présents et pour plus de 12.000 escus, monté sur un vaisseau chargé de toutes sortes d'armes et de munitions défendues de porter icy[1] ». Aussi Glover d'écrire avec vraisemblance à Salisbury qu'il avait été fort bien accueilli par le sultan[2] ; des présents de 12.000 écus méritaient bien une réception flatteuse !

Un ambassadeur ne prenait à Constantinople officiellement possession de son poste qu'après la cérémonie du baise-main : c'était là qu'il remettait au sultan ses lettres de créance, c'était aussi l'une des rares occasions qu'on avait d'apercevoir le Commandeur des Croyants. Glover fut reçu en grande pompe par Achmet le 8 février 1607[3]. Dans une lettre envoyée à

1. Salignac au roi, 9 janvier 1607.
2. I am shown much favour by the grand signor (Sir Thomas Glover to the Earl of Salisbury, 29 décembre 1606).
3. « The 8th of this month (February) was appointed by the

Salisbury six jours après, il fait une longue
description de cette cérémonie : il ajoute qu'il
a passé la semaine qui a précédé le baise-main
à visiter les principaux dignitaires turcs et à
leur faire des présents. Nulle part il ne men-
tionne une visite faite à Salignac : l'usage voulait pourtant que le nouvel arrivant se rendît
chez ses collègues. Même silence sur ce point
chez Salignac : il faut donc admettre que, dès
ce début et sans motif apparent, Glover offense
notre ambassadeur en se dispensant d'une démarche de civilité et de courtoisie [1].

grand signor for the kissing of hands and receiving of the
  resent » (Sir Thomas Glover to the Earl of Salisbury,
14 february 1607).

1. Dans une lettre du 10 juin 1607. Salisbury lui-même lui
reprochera son humeur querelleuse et lui enjoindra de vivre
en bons termes avec les autres ambassadeurs (*State Papers,
Turkey*, vol. V).

CHAPITRE III

Hostilité latente. — Elle éclate brusquement. — On accorde à
Glover des capitulations contraires à celles du roi de France.
— Salignac veut les faire annuler. — Glover résiste. —
Le Divan lui enjoint de rapporter la capitulation. — Sir
Thomas refuse. — Salignac fait renouveler ses capitulations. — Etrange philosophie de Glover. — Il veut assassiner Salignac. — Il essaye de corrompre la femme du
premier vizir. — Il se fait accorder un nouveau commandement préjudiciable aux Français. — Salignac le fait
rompre et obtient aussi l'annulation de la fameuse capitulation.

Pourtant, l'hostilité n'avait pas encore éclaté
entre les deux rivaux. Les quatre premières
dépêches de Glover[1] ne font mention d'aucune
querelle : l'ambassadeur anglais sondait le terrain, s'assurait des appuis et des protections
avant d'engager une lutte ouverte.

Cependant, les largesses de sir Thomas inquié-
taient visiblement Salignac, qui connaissait à
fond le Turc et la fascination que produisaient

1. Sir Thomas Glover to the Earl of Salisbury, 29 december
14 january, 29 january, 14 february 1607.

sur lui les écus. Dès le commencement de janvier 1607, il faisait part à Henri IV de ses alarmes. Chaque semaine, ses soupçons allaient croissant, et au mois de mars, il écrivait au roi « que se doubtant de ses despances, il advertit le Bassa et tous ceux qui pouvaient quelque chose, à ce qu'il (Glover) ne fît rien au préjudice des capitulations que Sa Majesté a avec ce prince[1] ». Rien n'y fit. Glover continuait dans l'ombre ses intrigues et ses empiètements. Puis, soudain, une nouvelle retentissante arrive aux oreilles de Salignac. Sir Thomas vient de se faire accorder des capitulations contraires à celles du roi de France[2]!

La nouvelle était vraie, malheureusement! Le 3 mars 1607, sir Thomas en écrivait la confirmation à Salisbury : « Le Grand-Seigneur, sur ma requête, a renouvelé nos capitulations, ce qui est contraire à l'usage turc de ne jamais renouveler deux fois des traités sous un même règne[3]. » Glover était allé vite en besogne. Sali-

1. Salignac au roi, 29 mars 1607.
2. Salignac n'en fait part à Henri IV que dans une lettre du 29 mars, or Glover annonce son succès à Salisbury le 3 mars, ce qui laisse à présumer qu'il tint encore ses capitulations cachées pendant quelque temps.
3. The Grand Signor has upon my resquest caused our Capitulations be renewed, wich is contrary to the Ottoman

gnac, profondément blessé et violemment
irrité[1], se rendit sur-le-champ chez le Bassa,
qui lui avait fait, peu de temps auparavant, de
si belles promesses. « Je lui fis voir, dit-il, les
mençonges et faulcetez sur lesquels il (Glover)
a fondé ses demandes et le préjudice que l'on
en faisoit à Sa Majesté qui ne le souffrirait
nullement[2]. » Le Bassa fut surpris ou plutôt
feignit la surprise, car il était probable « qu'il
avait mangé un gros morceau pour cela[3] » : il
promit cependant de faire tous ses efforts pour
combattre l'influence de Glover.

Sir Thomas ne s'en tint pas là. Aux réclamations de Salignac, il répondit effrontément qu'il
était dans son droit, que c'était par erreur et
par trahison que l'article relatif au droit de
pavillon avait été inséré dans les capitulations
de Savary de Brèves, que le droit de protectorat sur les autres nations appartenait à Bur-
tont[4] et que c'était par de louches intrigues

---

custom the renew any Capitulations twice in the time of
one king. » (Sir Th. Glover to the Earl of Salisbury, 3 march
1607.)

1. The french ambassador M. de Sellaniake (*sic*) is greatly
offended at his Concession and threatens to complain to his
King. » (Sir Thomas Glover to the Earl of Salisbury, 18 march
1607.)

2. 3. Salignac au roi, 29 mars 1607.

4. Successeur de Harburn et prédécesseur de Lello.

que de Brèves le lui avait enlevé[1]. Il alla
même jusqu'à soutenir devant le Bassa que le
roi de France était tributaire du roi d'Angleterre.

Salignac se rendit chez le premier secrétaire d'Etat et le menaça de la colère du roi son
maître : devant cette attitude, le Turc céda et
promit de faire rendre justice à Salignac. Il
poussa même l'héroïsme jusqu'à refuser six
vestes que sir Thomas lui avait envoyées. Il
offrit alors à Salignac de renouveler nos capitulations et d'annuler par là-même celles de
Glover : notre ambassadeur repoussa cette
proposition, connaissant trop la duplicité de la
diplomatie turque ; « il s'opiniâtra à ce que
ladicte capitulation angloise fût rapportée et
cest article biffé. » Poussé à bout, le grand-
vizir dépêcha deux courriers vers Glover, lui
ordonnant de rendre sa capitulation. Sir Thomas
répondit qu'il la donnerait plus tard, ses interprètes étant absents. Un second, un troisième
ordre restèrent sans résultat. Le vizir se décida

---

1. « I may boldly certifye your Honour that the late
French ambassador, Mounsieur de Brévis (*sic*) by his indi-
rect and. I may will saye bloodye circumventions has
wrongfully wrested the consulledge of Forastiers from the
possession of Mr Burton... » (Sir Thomas Glover to the Earl
of Salisbury, 18 march 1607.)

à convoquer en personne l'ambassadeur anglais ; pour toute réponse, Glover s'alita, fei-
gnant une grave maladie : il voulait traîner les
choses en longueur jusqu'au Beiran [1] espérant
pouvoir, pendant cette fête, gagner quelque
dignitaire. Il se servit de certains Muets [2] de sa
connaissance pour appuyer ses prétentions
auprès du sultan. Enfin, le Beiran passé, sans
que rien fût changé, Glover finit par se
rendre chez le grand-vizir avec la capitulation
demandée. Salignac put se croire au bout de ses
peines.

Malheureusement, il n'en était rien. Glover
n'avait remis au vizir qu'une copie de la capitulation. Sa longue maladie lui avait permis de
faire fabriquer un traité en apparence sem-
blable au premier, mais dont le texte était al-
téré : tout ce qu'il y avait dans l'original de
préjudiciable au roi de France avait été enlevé
de la copie, et Glover espérait que le vizir,

---

1. Le Beiran est la principale fête des Turcs qui la célèbrent
pendant quatre jours après leur Ramasan.
2. « De tous ceulx qui sont au Sérail, il n'y a rien de plus
admirable que les Muets que les Turcs appellent *Dilses* (qui
veut dire : sans paroles). C'est usage de muets estant sy
commun et pratique dans le Sérail et autres lieux de Turquie,
qu'il n'y a presque grands ni petits qui ne l'entende et mesme
l y a escolle exprès pour apprendre cette sorte de parler

ainsi trompé, ne ferait pas droit aux plaintes de Salignac. Une erreur de date révéla toute la trame. « Quand le vizir s'aperçut qu'on l'avait joué, écrit Salignac à son maître, il le gourmanda villainement et retint cette copie avec tant de rudes parolles que le dit ambassadeur fut contrainct de luy dire que, s'il le voullait traiter ainsi, il serait contrainct de prendre licence et de s'en aller. Le vizir luy dit qu'aucun ne le retenait et qu'il s'en allast à la malheure quand il voudrait et ainsy ils se séparèrent[1]. »

Si ces détails sont vrais, et il n'y a pas de raison de mettre en doute la parole de

---

sans parler par le moyen de laquelle se peult dire n'y avoir rien au monde sy difficile, qu'ils ne rendent à savoir de point en point toutes leurs conceptions et pensées tant loingt qu'ils se voient, par signes et actions de façons de faire, tant du corps, bras, teste et jambes qu'aultres mouvements. Se playsant et délectant les plus grands de la Porte et autres tellement à ce Muet des Cours, que la plus part du temps ils ayment mieux leur faire entendre en cette manière que d'ouvrir leur bouche et user leur langue. Et croy que ceste habitude vient du grand respect qu'ils portent au Grand Seigneur. Il a toujours des Dilses près de sa personne, si bien que le peuple s'adresse volontiers aux *Dilses Agachy* pour estre de tous ceux du Sérail fort aymés et chérys du Grand-Seigneur et le plus près de sa personne, auquel il faict entendre les plainctes et doléances du peuple » (Bordier, ms., II, chap. XVII).

1. Salignac au roi, 11 avril 1607.

Salignac, le plus strict devoir de Glover était,
sinon de s'en aller, du moins d'avertir le roi
son maître de l'affront fait à son représentant.
Tout homme de cœur eût agi ainsi. Dans ses
dépêches à Salisbury, sir Thomas se garde bien
de tenir le ministre au courant de ses intrigues
et de ses humiliations. A son dire, il est toujours l'offensé, car Salignac a osé faire pendre
un certain Paul Mariani, consul anglais au
Caire, et a banni sans ménagement un autre
consul anglais du nom de Benjamin Bishope [1].

Et il réclame à grands cris l'appui et la protection de Salisbury contre ces insultes, qui ne
sont pas les seules qu'il a subies. Il raconte
ensuite négligemment, et en manière de
post-scriptum, comment le vizir lui a enjoint
d'apporter devant lui tous les privilèges et
commandements dont il était possesseur [2]. Le

---

1. « First in hanginge one Paulo Mariani an Itallyan consull
for our nation in Cayro, and afterwards in banishinge most
disgraciously another consull of ours there, by name Benjamin
Bishope an Englishman, with many other most intolle-
rable wronges offered unto our nation there » (Sir Thomas
Glover to the Earl of Salisbury, 18 march 1607.

2. « I was called before the vizerey and willed to bring
with him our capitulations and all the authenticall commandements wich concerned this matther » (Sir Th. Glover
to the Earl of Salisbury, 15 aprill 1607).

Baile de Venise et Salignac, disait-il, avaient réuni leurs efforts pour lui faire un mauvais parti, mais il l'a pris de très haut avec le vizir, il a été reconduit avec honneur et a rapporté ses capitulations. Vraiment, il fallait peu de chose pour contenter la vanité de Glover !

En somme, la question des capitulations était toujours en litige. Ne pouvant venir à bout de la lenteur turque et de l'opiniâtreté anglaise, Salignac prit un autre moyen.

Il fit renouveler les capitulations du roi de France « avec ceste clause expresse que ce n'est que pour tesmoigner combien ce Seigneur les veult observer inviolablement ; tesmoignant que celle qu'a obtenue cest ambassadeur (Glover) ont esté par tromperie, et ayant surpris ceux qui en avoient charge, voullant qu'elle demeure nulle en tous ses articles, jusques qu'elle soit raportée pour en biffer ce qui s'y trouvera au préjudice de la capitulation qu'il a avec Votre Majesté[1] ». Glover, dans ses dé-

---

1. Salignac au roi 26 avril 1607. Dans les papiers et pièces diverses transmises en mai 1605 au baron de Salignac par son prédécesseur (Bibl. nat., fr. 16144, pièce 3), on trouve au folio 23 recto un article ainsi conçu. « Deux points de conscience qui terminent que toutes les nations étrangères doibvent

pêches à Salisbury, ne fait aucune allusion à
cette importante affaire, il craignait sans doute
un orage venant d'Angleterre, car il n'ignorait pas que Salignac avait fait part de son
succès à Henri IV et que cette nouvelle, bientôt connue à Londres, devait lui attirer de
durs reproches.

Pour parer à ce danger, il décrit dans
une dépêche du 2 mars 1607 le péril que
lui a fait courir un complot imaginaire tramé
contre lui par Salignac, le Baile de Venise
et Lello, qui était toujours la cause première
de ses malheurs. Ces terribles ennemis ont
voulu, écrit-il, attenter à ses jours et ont
essayé de séduire le sultan pour obtenir son
emprisonnement aux Sept-Tours [1]. C'est par
une indiscrétion du bavard Lello qu'il a pu
échapper aux coups des conjurés. Comment,
après cela, le ministre anglais aurait-il pu
sévir contre un homme qui venait de risquer
sa vie pour son roi et son pays ? Cette ingé-

---

venir par cest Empire soubs l'Estendard de l'Empereur de
France, pour être ainsi porté par les capitulations accordées
à Sa Majesté avec déclaration que tous les commandements
et capitulations que les Anglais pourraient avoir obtenus au
contraire, *soient et doibvent estre nuls.* »

1. Château fort sur les Dardanelles, qui servait de prison
aux prisonniers politiques de quelque importance.

nieuse histoire, inventée de toutes pièces,
produisit l'effet attendu : Glover put subir de
nouveaux affronts à Constantinople, il avait
évité du moins les reproches de Salisbury.
C'était le point important pour lui : pour le reste,
il se résignait d'avance.

Tout d'abord, ce fut le grand-vizir qui le
malmena. Puis des personnages de moindre
envergure, comme le muphti, lui prodiguèrent
aussi les marques de leur mépris. Enfin, les
marchands anglais eux-mêmes assiégèrent littéralement la porte du Bassa, pour supplier
le sultan de demander à Jacques Iᵉʳ le rappel
de sir Thomas. Celui-ci étonnait Salignac par
son insouciante résignation. « J'oze bien asseurer, écrivait-il à Henri IV, qu'il ne dira pas
ses affronts à son maître, n'ayant autre ambition que de demeurer icy sans se soucier de
ce qui est l'honneur de son roi, de façon que
c'est pitié[1]. » Cette indifférence, qui était
vraisemblablement au fond du cœur de Glover, ne paraît point dans ses dépêches, où il n'y
a que protestations enflammées de patriotisme,
d'amour de son roi, de dévouement et de sacrifice.

---

1. Salignac au roi (26 avril 1607).

Un jour cependant, ayant reçu sans doute quelque semonce de Salisbury, il se décida à agir résolument contre Salignac. Il acheta un nombre respectable de poignards, de dagues et autres armes de même genre et en orna la ceinture de ses gens, avec mission d'en frapper Salignac à la première occasion. Notre ambassadeur, averti de ce nouveau procédé diplomatique, fit savoir à Glover qu'il eût à désarmer ses hommes le plus tôt possible, sinon qu'il y pourvoirait lui-même. Glover, déçu dans ses noirs projets, se vengea sur l'infortuné Lello. Il se plaignit longuement à Salisbury de son prédécesseur, voyant en lui un traître, un espion qui voulait sa mort et par là même sa place. La vérité est qu'il croyait, avec raison d'ailleurs, que c'était grâce à Lello que Salignac avait échappé à ses sicaires. Puis, changeant brusquement de tactique vis-à-vis de Salignac, il lui fit demander par le Baile de Venise de se réconcilier avec lui. L'ambassadeur français posa comme condition l'abandon des capitulations accordées à l'Angleterre : une telle proposition resta sans réponse, et la chose n'est pas surprenante.

Glover gardait le texte des capitulations. Salignac, désespéré, écrivit au roi pour le sup-

plier de demander directement au sultan raison
de cet affront. Il lui conseilla aussi d'écrire à
Jacques Ier pour obtenir le rappel de « ce fâcheux ambassadeur » qui mécontentait même
les marchands anglais, furieux de voir les
pirates piller impunément les convois et les
consuls prélever arbitrairement des droits exces-
sifs et anormaux. Henri IV n'en fit rien. Salignac était découragé. Soudain, il crut avoir
trouvé une planche de salut. Le grand-vizir
Morath revenant d'une longue campagne en
Hongrie, avait déjà été sollicité par Glover,
fâché d'avoir vu ses relations interrompues avec
le remplaçant du grand-vizir pendant l'expédition. L'Anglais s'était mis en tête de gagner
Morath par des présents magnifiques, il avait
été jusqu'à dépêcher sa femme vers celle du
vizir avec des robes et des bijoux. Tenu au
courant des faits et gestes de son adversaire,
« qui ne se souciait ny de l'honneur de son
maistre ni de la coutume », Salignac se rendit
de son côté chez Morath, lui expliqua les prétentions de sir Thomas et, d'un ton ferme, lui
signifia qu'il voulait l'annulation des capitulations accordées à l'agent de l'Angleterre.
Morath, à en croire Salignac, promit tout et
envoya sur-le-champ un message à Glover pour

qu'il rapportât sa capitulation[1]. Sir Thomas,
fort étonné du peu de succès de ses présents, fit
la sourde oreille.

Deux mois durant, l'affaire reste en sus-
pens. Salignac va chez le vizir, qui lui promet
monts et merveilles, mais les messagers envoyés
par Morath à Glover rapportent à la place de
capitulations des cadeaux, et le vizir n'a pas
le courage de sévir contre l'homme qui le
comble de si riches présents. Visites assidues
de Salignac, belles promesses de Morath ne ser-
vaient de rien. Cependant, sir Thomas ne
songeait plus seulement à défendre, mais
encore à étendre sa position. « A force d'intrigues et de faux », dit Salignac, il se fit
de nouveau accorder un commandement « touchant les nations étrangères » ; mais notre
ambassadeur, averti à temps, le fit rompre
avant que Glover fût venu le retirer. Puis,
exaspéré de cette nouvelle audace, il cria et
tempêta si bien que le premier Bassa contrai-
gnit par la force Glover à restituer la fameuse
capitulation.

1. Salignac au roi, 30 mai 1607.

CHAPITRE IV

Mauvaise humeur de Glover. — Triomphe de Salignac. — Mustapha-Aga. — Son amitié pour l'Angleterre. — Il aide Glover à obtenir la protection des Flamands. — Salignac la lui fait retirer aussitôt. — Histoire d'un régiment français qui assiégea l'ambassade anglaise. — Glover corrompt de nouveau le vizir et se fait accorder une seconde fois la protection des Flamands, mais cette concession est révoquée. — Singulière prétention du consul anglais d'Alger. — Nouvelles capitulations données à Glover puis retirées aussitôt. — Sir Thomas, prétextant une victoire de Jacques Ier sur les Flamands, revendique une troisième fois leur protection. — Le vizir, de concert avec Salignac, la refuse. — Glover veut séduire en vain les marchands flamands. — Salignac triomphe.

Sir Thomas fut au désespoir. Il se rendit incontinent chez le vizir, mais Salignac l'y avait précédé. « Thomas Glover attendit hier une bonne heure et demye devant la porte du premier Bassa, attendant que j'en sortisse et passay où il estoit; lorsqu'il me vit sortir, il fit retirer ses gens dans la porte d'un logis où il estait. Il n'eust rien du premier Bassa, qui ne lui fust de très grand desplaisir, et s'en retourna

très mal content[1]. » Sir Thomas se garda
bien, comme on le pense, de signaler à Salisbury sa déconvenue ; il se borna à indiquer
la rentrée de Morath à Constantinople, en ajou-
tant négligemment « qu'il a été fort bien accueilli par lui, quoique Morath fût un peu aigri
par les fatigues du voyage ».

Outré de ne pouvoir rentrer en possession
de cette fameuse capitulation, sir Thomas alla
jusqu'à refuser l'offre du vizir, qui, sur la
demande de Salignac, lui avait proposé d'en
revenir aux capitulations primitives. Il restait
ainsi sans sauvegarde pour ses nationaux.
« Tant mieux, écrit alors notre ambassadeur à
Henri IV, le premier navire anglois qui viendra,
je lui feray prendre, et il sentira rudement le
chastiment de sa colère ; ceulx qui ont la charge
de la douane me l'ont bien ainsy promis[1]. »

Pendant ce temps, sur l'invitation du vizir
et la supplication des marchands anglais, Salignac avait de nouveau demandé au roi, et à plusieurs reprises, de faire rappeler Glover par
Jacques Ier : il avait même parlé d'un Anglais
du nom d'Arton qui lui semblait très propre

1. Salignac au roi, 20 juillet 1607.
2. Salignac au roi, 17 août 1607.

à recueillir la succession de son rival[1] et à gérer l'ambassade d'Angleterre au mieux des intérêts français. Villeroy dissuada Henri IV de cette démarche, lui faisant observer avec assez de raison d'ailleurs, que toute plainte de sa part serait un titre d'honneur pour Glover aux yeux des Anglais. Le roi informa de cette décision Salignac qui, avec sa joyeuse humeur de Gascon, s'en consola sans peine, et il ajoutait, non sans une certaine fatuité : « L'orgueil et l'audace de Glover sont tombés devant moy, et tout cela ne m'a faict qu'honneur. »

Vers cette époque, l'attention et les préoccupations de Salignac, un instant détournées de Glover, se portèrent d'un autre côté. Un personnage turc du nom de Mustapha-Aga, après avoir suivi Savary de Brèves dans son voyage en Barbarie[2], l'avait accompagné en France, où, malgré les conseils de Salignac, le roi l'avait fort mal accueilli. Le Turc, peu flatté de cette réception, passa en Angleterre : le roi Jacques l'y reçut en souverain, se le voulant attacher.

1. Salignac au roi, 17 août 1607.
2. Après avoir établi Salignac à Constantinople, Savary de Brèves gagna Rome où Henri IV l'avait nommé ambassadeur, en passant par la Palestine et la Barbarie. Le baron de Beauvau, qui l'accompagna dans ce voyage, nous en a laissé une relation dont nous avons parlé à la fin de cette étude.

Ces honneurs et surtout les largesses du monarque anglais produisirent l'effet attendu. « Je craings infiniment la venue de Mustapha-Aga, écrivait, le 6 décembre 1607, Salignac à Henri IV, tant il est party mal content pour aller en Angleterre, d'où il a escript icy louant haultement l'honneur qu'on luy a faict là et la grandeur de ce roy. » Henri IV ne s'inquiéta pas de ces avertissements, et une lettre de Puisieux[1] montre bien l'état d'âme de ce prince[2]. Les faits devaient bientôt donner raison à Salignac. Le

1. Pierre Brûlart, vicomte de Puisieux, secrétaire d'État et ministre d'Henri IV.

2. « Nous avons opinion qu'avez veu maintenant un certain Turc nommé Mustapha-Aga, qui a séjourné à Marseille quatre mois et en cette cour un autre entier ; qui a dit avoir charge de retirer les Turcs qui se retiennent sur nos galères, avec tant de plaintes et insolences qu'il nous a bien fort pesé sur les bras. Il n'a pas encore toutefois obtenu sa demande et s'est comporté de deçà, defaçon qu'il n'a tiré aucun présent comme il l'espéroit, ce que nous avions délibéré de faire : et, à l'ouïr dire, il sembleroit que de sa faveur ou defaveur despend notre bonne intelligence avec le Grand-Seigneur. Il ne nous a pas beaucoup émeus ; il réitérera par delà ses plaintes de nous, qui seront peut-être assez bien receues et lui, plus caressé pour ce regard, il n'y va presque à ce qu'on dit que pour en tirer quelque chose, car il est très avare et sordide. Vous y prendrez garde, s'il vous plait, sans toutefois montrer que vous vous en aperceviez. » (Puisieux à La Boderie, *Lettres de Henri IV, de MM. de Villeroy et Puisieux à M. de la Boderie, ambassadeur de France en Angleterre*, t. I, p. 201.)

22 mai 1608, Mustapha-Aga revenait à Constantinople sur un vaisseau anglais[1].

Depuis qu'on lui avait retiré sa capitulation, Glover était resté coi. Il avait même fait porter à Salignac « d'honnêtes paroles d'amitié[2] » : notre ambassadeur les accueillit fort bien et lui fit répondre qu'il ne tenait qu'à lui de se rapprocher des Français et qu'en cela il se conformerait aux sentiments de son maître, à ce moment fort ami d'Henri IV. Les propositions restèrent sans réponse. En racontant ces mêmes faits à son roi, Salignac ajoutait : « C'est ung homme de peu de jugement et qui n'en recherche point d'autre que par petites finesses et tromperies, et qui a assez d'empeschemens chez lui et davantage dans sa cervelle. Sy au retour de Mustafa-Aga, ilz ne brassent quelque chose ensemble, je crains peu ses effors[3]. »

Malheureusement les craintes de Salignac n'étaient que trop fondées. Sir Thomas était allé « jusqu'aux châteaux de l'entrée du goulfe » pour rencontrer Mustapha-Aga. Voyant l'enthousiasme du Turc pour l'Angleterre, il lui demanda incontinent que les Flamands fussent

1. Salignac au roi, 27 mai 1608.
2. Le même au même, 3 mars 1608.
3. Salignac au roi, 3 mars 1608.

admis à faire le commerce dans le Levant sous sa bannière ; sa demande était juste, disait-il, parce que la Flandre « appartenoit « au roi d'Angleterre son maistre [1] ». Mustafa entra complètement dans les desseins de Glover et l'appuya si bien auprès du vizir qu'on lui donna la capitulation désirée. Mais, ayant eu vent de cette trahison, Salignac se précipita aussitôt chez le vizir et fit si bien qu'avant même que sir Thomas fût rentré chez lui le commandement était rapporté. On juge de l'étonnement de l'ambassadeur anglais quand, à la porte de son logis, il trouva un messager de Salignac lui annonçant poliment le retrait de sa capitulation. Toutefois, dans les dépêches de Glover à Salisbury, nulle trace de cette victoire qui s'était si soudainement changée en défaite. « Mustapha-Aga, dit-il simplement, est arrivé ici le 12 de ce mois (mai). Les vizirs ont tous été très curieux d'apprendre de sa bouche certains détails sur l'Angleterre [2]. »

Une fois établi à Constantinople, Mustapha-

---

1. Salignac au roi, 27 mai 1608.

2. « Mustapha Agha, Turkish ambassador in England, arrived here on the 12 th of this month. The vizereis have all been very curious to hear from him particulars about England. » (Sir Thomas Glover to the Earl of Salisbury, 17 may 1608.)

Aga ne cessa de miner notre influence, travaillant dans l'ombre avec Glover, se portant garant des plus effroyables mensonges; il causa de graves soucis à notre ambassadeur, qui, malgré son inaltérable dévouement, devait cependant maudire au fond de son cœur la négligence d'Henri IV à écouter ses conseils.

Vers la même époque se place un singulier incident où sir Thomas ne fit pas précisément preuve d'héroïsme. Vers 1597, l'empereur Rodolphe avait demandé à Henri IV des secours contre les Turcs. Trois mille hommes lui furent envoyés sous la conduite du baron de Bonparc. Les Allemands, loin de les récompenser de leurs services, les traitèrent si mal que, le 15 décembre 1610, ces troupes passèrent aux Turcs [1]. Du reste, les combats et les défections

1. Bordier nous a conservé le texte du traité qu'ils signèrent à cette date avec le Turc : il en a donné la teneur, d'après l'original qui lui avait été communiqué par le colonel Maurice, commandant à ce moment-là les troupes françaises. En voici ies principaux articles « : 1° Nous demandons de vivre selon nostre religion ; 2° nous demandons paiement pour dix-huit mois que nous doibt l'empereur, en mesme paye qu'il nous payoit; 5° demandons pour nostre entretien d'estre payés tous les mois ; 6° lorsque nous aurons fait quelque temps service au Grand-Seigneur, et que le traitement que nous recevrons ne nous sera pas agréable, nous sera permis de nous retirer, etc. » (Gontaut-Biron, *Correspondance du baron de Salignac*, p. 398).

antérieures avaient considérablement diminué l'effectif de ce régiment, qui ne comprenait plus que 600 hommes à son arrivée à Constantinople. Ces mercenaires furent reçus et traités à merveille par le Grand-Seigneur, qui les combla de largesses et de présents. Mais, durant leur séjour, quelqu'un de l'ambassade anglaise, raconte Salignac, détourna plusieurs esclaves appartenant à ces soldats français et les emmena avec leurs enfants [1]. Ces soldats en demandèrent raison à sir Thomas. Celui-ci « les paya de responces assez froides et même se voullut fascher [2] ». Leur patience se lassa : un jour, ayant rencontré deux serviteurs de l'ambassadeur anglais qui revenaient du marché, ils se jetèrent sur eux, s'emparèrent de leurs provisions et les « menacèrent même de faire pis ». Sur le conseil de leur colonel, ils relâchèrent les deux Anglais qui n'en pouvaient mais et décidèrent d'adresser une réclamation à sir Thomas lui-même. En bon ordre et très pacifiquement, ils se rendirent donc à l'ambassade. Glover, prévenu par les deux employés, s'était barricadé et avait armé ses gens de tout ce qu'ils avaient sous la main.

1. Salignac au roi, 12 juillet 1608.
2. Le même au même.

Aussi l'arrivée des soldats fut-elle saluée par une arquebusade bien nourrie qui jeta sur le carreau deux ou trois hommes. La vue du sang excita, comme on le pense, la fureur des soldats qui se mirent à riposter de leur mieux. Des passants attirés par les coups de feu vinrent en toute hâte prévenir Salignac, qui accourut, rétablit le calme et rassura sir Thomas épouvanté.

Mais les soldats ne se tinrent pas pour satisfaits. Ils citèrent Glover devant la justice turque et plaidèrent si bien leur cause que le Grand-Seigneur condamna à mort celui qui leur avait dérobé leurs esclaves. Et Salignac, en faisant au roi le récit de cette affaire, ajoutait : « Il (le sultan) rendit les soldatz qu'il avait mis à la chaîne et leur fit des présens, et les favorise maintenant contre le dit ambassadeur qui avait toute sa fiance en lui. Par là Votre Majesté jugera de ses humeurs et davantage quel homme est cest ambassadeur, contre lequel on a donné tel ordre et pour telles gens. La chose est maintenant en ces termes et l'on a deffendu aux soldats de rien entreprendre sur luy tant que le danger luy faisoit peur. Il (Glover) a envoyé tous les jours veoir, me voullant fort faire sçavoir

combien il m'estoit obligé depuis la deffense
de l'ataquer[1]. »

Sous la plume de Glover, l'incident revêt
des couleurs très différentes. Ce sont des soldats
qui, poussés par le désir du pillage, sont venus
attaquer son logis ; ils ont essayé de forcer les
portes afin d'enlever l'ambassadrice et ses enfants et, sans le courage et l'héroïque sang-
froid de sir Thomas, tout aurait été dévasté.
« Ces misérables, dit-il, ont commis ces atro-
cités à l'instigation de ce maudit ambassadeur
français qui leur avait auparavant offert un ban-
quet et les avait enivrés : toute la nuit durant,
montés sur le mur de séparation des deux ambassades, ils n'ont cessé de décharger leurs armes
sur ma maison, prenant comme cible mes
meubles et mes gens[2]. » Salignac était bien
récompensé de son intervention !

Après cette chaude alerte, sir Thomas prit
pendant quelque temps un repos bien gagné.
Il s'occupa sérieusement à fortifier sa maison
pour la mettre à l'abri des sbires imaginaires
de Salignac : les murs furent surélevés et garnis
de pointes de fer, les portes renforcées, les

---

1. Salignac au roi, 12 juillet 1608.
2. Sir Thomas Glover to the Earl of Salisbury, 2 july 1608.

grilles raffermies. Puis, ne craignant plus pour
ses jours, il se lança dans de nouvelles intrigues.
Profitant de l'arrivée d'un bâtiment anglais qui
lui apportait des fonds et des marchandises, il
se rendit chez le vizir avec quelques échantil-
lons de riches étoffes, sut promettre plus
encore qu'il ne donnait et le décida ainsi à
lui accorder la protection des Flamands. Il s'y
était porté avec d'autant plus de confiance qu'il
croyait n'avoir rien à craindre de Salignac,
alors alité et très gravement malade des suites
d'un refroidissement[1]. Il comptait sans l'énergie
de l'ambassadeur français, qui, au péril de sa vie,
se traîna chez le Turc et lui fit rompre « avec
bien de peine et de coust » la capitulation
accordée à Glover. Quand celui-ci vint pour
retirer son commandement, il fut jeté à la
porte. Ce ne fut pas là, d'ailleurs, le seul
affront qu'il eut à supporter. Avant même de
tenir en main la capitulation, il s'était hâté
d'en bénéficier et avait donné ordre à ses consuls de prélever des droits sur les premiers Flamands qui débarqueraient. Le consul d'Alep
avait exécuté ses ordres et prélevé une taxe

1. Salignac au roi, 12 novembre 1608.

sur deux navires. Salignac le força à restituer
cet argent au consul de France.

Sir Thomas crut devoir passer cet incident
sous silence, la plupart des dépêches qu'il envoie à ce moment sont remplies de détails
touchant les guerres soutenues alors par les
Turcs; il y parle surtout de la maladie de sa
femme, qui paraît lui donner de très vives in-
quiétudes[1]. Pourtant il remercie son ministre
d'avoir conseillé au roi Jacques de se plaindre
auprès de l'ambassadeur de France à Londres
de la conduite de Salignac en Orient; et il jure
ses grands dieux « qu'il n'a jamais été l'ami
de ce misérable et qu'il a repoussé toutes les
avances qu'il lui a faites ».

Ce n'était pas seulement l'ambassadeur anglais qui empiétait sur nos privilèges. Cette rage
s'était aussi communiquée aux consuls de cette
nation, qui, encouragés par l'attitude de sir
Thomas, essayaient de faire en petit ce que leur
chef faisait en grand. Ainsi le consul d'Alger
persuada à quelques membres du Divan qu'il

---

1. Sir Thomas Glover to the Earl of Salisbury, 2 novembre 1608. Cette sollicitude n'empêchait pas Glover de se
laisser aller à certaines infidélités conjugales, et nous savons
par Pindar qu'il avait à Venise un fils qui n'était pas celui
de sa femme (State Papers, Turkey, V).

devait avoir le pas sur tous les autres consuls
et il obtint des commandements dans ce sens.
Heureusement, la loyauté de Salignac lui avait
concilié les amitiés du vice-roi d'Alger, « qui
s'en alla au Divan, remonstra que c'estoit contre
tout ordre, que les Françoys avoient tousjours
précédé et qu'il ne fallait rien changer[1]. » Là-
dessus il se fit remettre les capitulations du consul anglais et les envoya sur-le-champ à Salignac,
en lui conseillant de veiller aux empiètements
de ses adversaires.

Sur ces entrefaites, Morath Bassa, le grand-
vizir, qui était allé diriger une seconde expédition en Hongrie, revint à Constantinople.
Sir Thomas, que sa tentative de l'année précédente n'avait pas découragé, se porta à sa rencontre jusqu'à trois journées de la ville et lui
offrit des présents magnifiques. Le vizir, selon
son habitude, accepta tout avec satisfaction.
Mais, quand sir Thomas lui demanda de le
soutenir contre Salignac, Morath hésita et accueillit même fort mal cette proposition. De
nouveaux cadeaux triomphèrent de sa résistance ; Glover enleva finalement la place en
redoublant de présents. Fasciné, écrasé par les
largesses de l'ambassadeur, Morath promit tout

1. Salignac au roi, 2 décembre 1608.

ce qu'il voulut et ils se séparèrent enchantés l'un de l'autre.

Salignac fut très alarmé de cette nouvelle. Il n'avait pas assez d'argent pour lutter avec Glover : la France n'était guère libérale à son égard et, d'autre part, il ne voulait point, comme Glover, recourir à des emprunts. Il se rendit donc les mains vides chez Morath, comptant seulement sur son bon droit. Le vizir le reçut avec honneur : c'était chez lui une habitude de faire bon accueil aux ambassadeurs des deux puissances rivales, car il jugeait que c'était le moyen de se faire offrir des présents des deux côtés à la fois. Ouvertement et sans ambages, Salignac lui expliqua l'objet de sa visite : il ne pouvait pas lutter comme Glover à coups de sequins, et d'ailleurs même le pourrait-il qu'il ne le ferait point, trouvant qu'il était indigne de l'ambassadeur du roi de France de recourir à la corruption. Son droit était assez fort pour entraîner la balance de la justice sans qu'il fût besoin d'y ajouter le poids d'espèces sonnantes. Cette déclaration si catégorique et si loyale émut le vizir. « Il m'asseura, écrit Salignac, qu'il ne changerait nullement l'estat des choses en quoy nous estions avec les Angloy et qu'il les trouvait si raysonnables ainsy, que, si cela n'estoit, il tâcheroit de les y mettre[1]. Salignac sortit donc de l'audience joyeux et allégé d'un gros souci : Morath fit savoir à sir Thomas que tout était rompu entre eux. Glover en fut littéralement malade de rage.

Cependant Mustapha-Aga, l'ami du roi Jacques, intriguait et travaillait avec ardeur en faveur de ce prince : en toute occasion, dans les cérémonies, ou chez les dignitaires de la Porte, on l'entendait vanter les largesses du roi d'Angleterre et son affection pour les Turcs. Comme Mustapha avait l'oreille des grands personnages, il était à craindre que cette complaisante énumération des présents reçus ne fît naître en eux l'espoir de s'en faire offrir de semblables et ne les jetât dans les bras de l'Angleterre. Salignac s'en rendit compte et vit bien qu'il devait calmer sur-le-champ les convoitises excitées par les récits de Mustapha. Il se mit donc à suivre ce personnage dans toutes ses visites, s'attachant à ruiner ses allégations et à détromper les fonctionnaires qu'il essayait de corrompre. Un jour même, ayant rencontré Mustapha, il le tança vertement et le menaça de la colère du roi Henri IV, qui avait le bras assez long

1. Salignac au roi, 29 décembre 1608.

pour l'atteindre. « Pour ma part, confesse Salignac, je lui déclarai que, pour peu que j'eusse
le commandement, je le ferais jeter dans un sac
à la mer[1]. » Procédé un peu vif sans doute et
qui, aujourd'hui, étonnerait nos diplomates!
Mustapha se le tint pour dit et s'en alla faire
un voyage en Palestine.

Sir Thomas vit avec peine le départ de
son fidèle ami : il se résigna néanmoins à
travailler tout seul. Il s'était mis en tête d'obtenir pour l'Angleterre la protection des Flamands : il avait déjà précédemment obtenu un
commandement lui conférant ce privilège, mais,
comme nous l'avons vu, son intrépide adversaire l'avait fait rompre. Des indiscrétions lui
apprirent que, si le vizir avait cédé aux représentations de Salignac, c'était que la Porte avait
l'usage de n'enlever à une nation son droit de
protectorat sur une autre que si celle-ci devenait tributaire d'un autre peuple. Le renseignement fut un trait de lumière pour Glover;
il se rendit chez le vizir et demanda immédiatement audience. Mis en présence du Turc,
sir Thomas lui annonça qu'une dépêche du roi
son maître venait de l'informer qu'à la suite

1. Salignac au roi, 4 février 1609.

d'éclatantes victoires l'Angleterre s'était assujetti la Flandre et, selon l'usage, il venait réclamer pour Jacques Ier le protectorat de cette nation[1]. Le vizir crut facilement Glover qui avait sans doute doré ses affirmations; un commandement en conséquence allait être signé quand Salignac arriva en toute hâte. Il se heurta à une grande résistance de la part du vizir, qui avait toute confiance en la parole de Glover[2]. Il lui rappela alors l'incident survenu l'année précédente, lui montra le peu de cas qu'il fallait faire de cette nouvelle allégation de l'ambassadeur anglais; il arriva ainsi peu à peu à le convaincre et à faire annuler la capitulation accordée à sir Thomas.

L'Anglais fut fort déçu. Néanmoins, il ne se découragea pas, mais dirigea ses efforts dans

1. Nous trouvons à la Bibliothèque nationale (Fr. 16144, pièce 3, f° 22) une pièce portant ce titre : « *Un témoignage de deux viceroys comme les pays de Hollande et Zélande ne sont subjects au royaulme d'Angleterre, comme l'ambassadeur se forçoit de faire croire à ceste Porte.* »

2. L'ignorance des Turcs est proverbiale. Le baron de Tott, dans ses mémoires nous rapporte une anecdote bien curieuse, et qui mérite d'être citée. L'ambassadeur français menace un jour le vizir de nos escadres de l'Atlantique. Le Turc se mit à rire aux éclats et répondit: « Vous me croyez donc bien naïf, monsieur l'ambassadeur, pour vouloir me faire croire qu'une flotte puisse venir de l'Océan dans la Méditerranée. » Il ignorait le détroit de Gibraltar.

un autre sens : Il avait su par certains de ses
amis que les marchands des Flandres avaient
beaucoup à souffrir des corsaires florentins : il
n'hésita pas à leur proposer vingt galions anglais qui feraient bonne garde autour de leurs
convois et couleraient tout assaillant[1]. Même le
hasard voulut que, quelque temps après, un
vaisseau turc et un vaisseau flamand fussent
molestés par un corsaire florentin. Sir Thomas
ne perdit pas l'occasion de proposer une fois de
plus aux Flamands la protection de l'Angleterre, d'accuser Salignac de les négliger et même
de favoriser les corsaires. Aux sollicitations
pressantes de Glover, les Flamands, très loya-
lement d'ailleurs, répondirent qu'ils n'avaient
jamais eu à se plaindre de Salignac et qu'avant
tout leur nation voulait rester l'amie des
Français. Sir Thomas échouait de tous côtés.

Cependant il ne se tint pas pour battu. Il imagina de raconter au vizir que le roi Henri IV
avait cédé aux démarches de don Pedro de
Tolède[2] et était sur le point de conclure une
alliance avec l'Espagne et le pape. Cette nouvelle
agita le Divan, qui craignait toujours de voir

1. Salignac au roi, 24 février 1609.
2. Don Pedro de Tolède, marquis de Villefranche et le bras
droit de Philippe III.

réapparaître les étendards chrétiens aux portes de Stamboul. On interrogea Salignac, qui fit de son mieux pour détruire l'effet des allégations de Glover et étouffer les soupçons. Il y réussit d'ailleurs, car il écrivait peu après à son ministre : « L'ambassadeur d'Angleterre n'a rien advancé, Dieu mercy, qu'à me donner de la peine et plus de despit des mauvaises procédures dont il use [1]. »

1. Salignac à Puysieux, 30 avril 1609.

CHAPITRE V

Glover échoue dans les affaires de Transylvanie. — Salignac, toujours inquiet, demande à Henri IV d'obtenir des Flamands une déclaration spécifiant qu'ils ne sont pas sujets de l'Angleterre. — Glover, fatigué de cette lutte incessante, demande à Salignac une réconciliation. — Elle est acceptée. — Ses conditions. — Elle s'opère. — Rapport mensonger de Glover à son ministre sur une soi-disant transaction passée avec Salignac. — Suite et fin de l'histoire du régiment français qui avait assiégé Glover. — Sir Thomas ne se décourage pas, demande de nouveau la protection des Flamands. — Salignac transige avec lui. — Son désintéressement. — Fin de la rivalité entre les deux ambassadeurs. — Les Jésuites

Peu de temps après, sir Thomas subit un nouvel échec qui lui fut d'autant plus pénible qu'il obéissait dans cette circonstance à un ordre précis et formel de son maitre. Le roi Jacques l'avait chargé de faire rendre la couronne de Bogdanie[1] au fils du roi légitime, qui avait été détrôné par un usurpateur; il lui avait envoyé 10.000 sequins pour venir à bout

1. Aujourd'hui Moldavie.

de cette affaire. Mustapha-Aga, d'humeur ran-
cunière, ennemi juré de la France, conseilla à
sir Thomas de faire de cette somme deux parts :
l'une destinée à combattre Salignac, l'autre à
mener campagne pour le protégé de Jacques.
Glover suivit le conseil de son ami, qui commença par prélever une forte commission sur
la somme qu'on devait employer contre Sali
gnac. Puis, comme il était criblé de dettes, il
envoya à l'ambassade nombre de ses créanciers
qui, sous prétexte de travailler pour le prince
de Bogdanie, rentrèrent dans leurs fonds et
grugèrent Glover à qui mieux mieux. Le résultat
de ces opérations fut que l'usurpateur fut maintenu sur le trône sans que sir Thomas gagnât
sur Salignac un pouce de terrain.

De son côté, notre ambassadeur laissait Glover
s'épuiser en efforts inutiles : pourtant la question des Flamands, encore en litige, le préoc-
cupait. Il avait sans doute triomphé de sir
Thomas, mais le succès était dû uniquement à
l'amitié de Morath. Que si ce vizir venait
mourir ou à être disgracié, Salignac resterait
sans appui et sans armes : il lui fallait donc à
tout prix une preuve manifeste de l'imposture
de Glover pour le cas probable où l'ambassadeur anglais alléguerait encore la prétendue

dépendance des Flamands. Il avait, à cet effet,
suggéré au roi d'obtenir des Flamands qu'ils
répudiassent officiellement la protection que
voulait leur imposer l'Angleterre. Henri IV s'y
était décidé, et il allait y parvenir quand Salignac lui écrivit qu'il était parvenu à arranger
les choses. « J'ay depuis quatre jours le commandement que j'ay tant recherché, qui coupe
tout à fait ce débat avec les Anglois, voullant
que toutes nations estrangères viennent soubs
la bannière de Votre Majesté, spécifiant les Fla-
mens au nombre d'icelles : de sorte que voilà
la Hollande, Zélande, Frize et païs de Vatrelan
réunis soubs sa bannière [1]. »

Salignac s'était trop hâté de célébrer sa victoire, car sir Thomas, malgré ces nouvelles capitulations, n'en continua pas moins à reven-
diquer la protection des Flamands. Ses intrigues inquiétèrent si fort Salignac qu'un mois
ne s'était pas encore écoulé qu'il dut prier son
maître de reprendre ses pourparlers avec les
Flamands. « Si ne laissé-je, écrit-il, de suplyer
Votre Majesté très humblement voulloir faire
recouvrer ceste déclaration des pays bas et me
la faire envoyer. Elle est nécessaire tant cet

---

1. Salignac au roi, 7 août 1609.

homme crye et se tourmente là-dessus[1]. »

Henri IV, ne comprenant rien à ce revirement subit, crut que Salignac exagérait le danger des intrigues anglaises, et ne se préoccupa plus d'obtenir la déclaration réclamée par son ambassadeur. Celui-ci, laissé à ses propres forces, dut batailler pendant quelque temps : Glover joua gros jeu, dépensa sans compter, mais n'obtint que des promesses. Peu à peu, le vizir était devenu moins accueillant pour lui ; bientôt il refusa ses présents et lui dit publiquement qu'il n'y avait plus à revenir sur le commandement accordé à l'ambassadeur de France. Sur ce point donc, Salignac gardait définitivement l'avantage : si les Anglais, en dépit de tous nos efforts, avaient pu conserver leur pavillon et maintenir la liberté de leur trafic en Orient, ils n'avaient du moins réussi à étendre leur domination sur aucun autre peuple. Les efforts de sir Thomas étaient restés impuissants. A la fin, il se lassa de cette lutte sans trêve et sans profit et fit proposer à son adversaire de se réconcilier avec lui. Salignac y consentit.

Le 7 octobre 1609, sir Thomas en écrivait

---

1. Le même au même, 22 août 1609.

la nouvelle à Salisbury, en cherchant comme
toujours à se donner le beau rôle. « N'étant
encouragé ni par Votre Honneur ni par la Compagnie [1] à continuer les démarches entreprises
au sujet des Flamands et ayant même plutôt
reçu des ordres contraires, j'ai cédé aux sollicitations de plusieurs personnes sans doute
envoyées par l'ambassadeur de France et me
suis décidé à me réconcilier et à vivre en paix
avec lui. Je me suis engagé à ne plus l'in-
quiéter au sujet des Flamands et lui-même m'a
restitué certains droits que son consul d'Alep
avait injustement enlevés au mien [2]. »

Cet événement se présente sous des cou-

---

1. Il ne faut point entendre par « Compagnie » la Compagnie
des Indes qui commençait à prospérer à ce moment, mais
celle des marchands anglais établis à Constantinople et qui,
comme nous l'avons dit souvent, n'étaient pas amis de
Glover.

2. « Not having any incouragement from Your Honour
weither from the Companie to follow as well in benefik as I
have done in honor the matters of the Forastiers but rather
order to contrary ; and on the other parte being solicited by
some men of account (whoe were of purpose set by the French
ambassador) to come to an agreement with him and to live
in peace and tranquillity... We are made great friends and
the condition is this, that I should not trouble him any more
in his Forastiers... and for his part he is contented to restore
unto me certayne monies, his consull at Aleppo hath
wrongfully taken from our consul there... » (Sir Th. Glover
to the Earl of Salisbury, 7 october 1609.)

leurs bien différentes d'après le récit infiniment
plus vraisemblable qu'en donne Salignac. L'ini-
tiative de la réconciliation serait venue de
Glover : « L'ambassadeur d'Angleterre enfin a
recognu qu'il faisoit mal ses affaires avec moy :
de sorte que, m'ayant fait rechercher d'amityé,
j'ai creu ne le debvoir refuser et dis à ceulx
qui m'en parlèrent que quand il monstreroit
de le desirer, il ne m'y trouveroit point rétif. Il
m'envoya deux jours après quatre ou cinq no-
tables marchands anglois pour m'en reparler de
sa part et m'asseurer de son désir et de son
affection. Je leur tesmoignay d'en estre contant,
acceptay l'offre de son amityé et les priay de
l'asseurer de la mienne. Il me les renvoya deux
jours après, pour aviser où nous nous verrions
la première fois, disant qu'après ceste entreveu,
il viendroit céans [1]. » Salignac, blessé de cette
dernière proposition, répondit assez sèchement
aux délégués anglais que le lieu de l'entrevue
serait l'ambassade de France et que Glover y
viendrait le premier, sans quoi les négociations
seraient rompues. Sir Thomas fut contraint de
céder : il se rendit en grand appareil chez Salignac, qui le reçut avec la meilleure grâce du

1. Salignac au roi, 2 novembre 1609.

monde ; Glover lui rendit la pareille. « Avec mille belles paroles, il me monstra beaucoup de déplaisir du passé, m'asseura de ne rechercher jamais rien qui peult faire tort aux capitulations que Votre Majesté a avec ce Seigneur et me protesta mille honnestetés [1]. »

Cependant Glover ne put pas se résigner à passer aux yeux de son ministre pour avoir éprouvé un échec complet : il imagina de lui raconter qu'il avait fait consentir l'ambassadeur français à lui donner des droits sur une partie des vaisseaux flamands. « Désormais, écrit-il à son ministre, les vaisseaux appartenant aux provinces de Hollande, Zélande, Frilande et Guiderlande *nous* payeront des droits pour les marchandises qu'ils introduiront dans les Etats du Grand-Seigneur [2] ». Les autres provinces flamandes restaient sous la protection des Français et sir Thomas s'applaudissait de ce partage, « sachant de source certaine que les contrées laissées aux Français étaient les

---

1. Le même au même, *ibidem.*
2. « It is concluded in our capitulations that the nation of 4 provinces of the low countries : viz. Holland, Zelland, Frislande and Giderland ought to paye us consulledge for the goods brought within the Gran Signiors Dominions ». (Sir Th. Glover to the Earl of Salisbury, 7 october 1609.)

plus pauvres et les moins trafiquantes[1] ». Ainsi, à entendre Glover, Salignac aurait consenti à partager avec lui la protection des Flamands, mais rien dans les dépêches de celui-ci ne laisse supposer qu'une pareille convention soit intervenue entre eux ; bien au contraire, l'ambassadeur français proclame que ses efforts ont été couronnés d'un plein succès et que son triomphe est complet. Il certifie à Henri IV que Glover, loin d'avoir rien gagné, a plutôt perdu du terrain. « Je me doubtois bien que je luy ferois perdre ses premiers saults : il se trouve avoir perdu ce qu'il avoit avant ses entreprises[2]. » Nous n'avons pas à hésiter entre ces deux versions ; en effet, Salignac a toujours montré dans sa correspondance une franchise et une ténacité absolues ; au contraire, nous avons plusieurs fois surpris Glover en flagrant délit d'invention mensongère. Il est donc à croire que l'avantage partiel qu'il se félicite d'avoir obtenu n'a jamais existé que dans sa fertile imagination.

Après un si grand effort et des combinaisons si savantes, sir Thomas se tint quelque temps

---

1. Le même au même, *ibidem*.
2. Salignac au roi, 2 novembre 1609.

tranquille et sembla vouloir sincèrement vivre
en paix avec son ancien adversaire. Ces bonnes
dispositions lui valurent en particulier une dé-
monstration amicale des soldats français qu'il
avait auparavant si peu civilement reçus. Peu
de temps après la démarche qu'ils avaient tentée
auprès de l'ambassade anglaise et qui avait été
accueillie comme on sait, ils étaient partis pour
une expédition et, à leur retour, avaient appris la
réconciliation des deux ambassadeurs. Le colonel, en homme bien élevé, crut devoir mani-
fester à sir Thomas le plaisir que cette nouvelle lui causait et, à la tête d'une députation
d'officiers, prit un beau matin le chemin de
l'ambassade. Glover, à ce moment assis sur le
perron de sa maison, expédiait quelques affaires
avec ses secrétaires : par hasard, il leva les
yeux et aperçut au bout du jardin les officiers.
Il se dresse brusquement, renversant table,
encre et chaises sur ses secrétaires ahuris, et,
se précipitant vers l'intérieur du logis, il crie :
« Aux armes! » Les paroles expirèrent sur ses
lèvres et ses dévoués serviteurs arrivèrent juste
à temps pour le recevoir évanoui dans leurs
bras. Le colonel, qui avait vu de loin cette
scène, accourut en toute hâte et fut un des premiers à le ranimer. Quand sir Thomas, ouvrant

les yeux, vit penchée sur lui la figure de l'of-
ficier, il se crut soudain transporté à ces temps
du moyen âge où les bourreaux ranimaient leurs
victimes pour les torturer davantage. Les paroles pacifiques des Français finirent par dis-
siper ses alarmes et, quand il fut tout à fait
remis, il remercia fort les officiers de leur intérêt, les priant d'excuser un accident dû, disait-il, à l'extraordinaire ardeur du soleil. Et,
sur ce, ils se séparèrent.

Le colonel, comme on le pense, était allé sur-
le-champ conter à Salignac la terreur comique
de sir Thomas. L'ambassadeur se hâta de se
rendre chez Glover. Il s'informa de sa santé,
lui disant d'un air narquois qu'il avait appris
son indisposition du matin. Sir Thomas se sentit
ridicule et jura de se venger.

Bientôt, en effet, il produisait au Divan une
dépêche de Jacques Ier lui annonçant la prise des
Pays-Bas : il demandait donc la protection des
vaincus. C'était la seconde fois qu'il usait de ce
stratagème : on pouvait croire qu'il échouerait;
mais, cette fois comme la première, il s'était
fait précéder, accompagner et suivre de présents
considérables. Comme, d'autre part, le Turc était
insatiable, il ne demanda pas mieux de se
laisser convaincre par les arguments de l'An-

glais. Salignac, comme d'habitude, vint pro-
tester auprès du vizir : mais il rencontra cette
fois une résistance inaccoutumée; après de
courtes explications, Morath se renferma dans
ses appartements et refusa toute audience. Salignac vit bien la gravité de la situation ; il com-
prit qu'il fallait se résigner à quelques sacrifices,
afin d'empêcher que la capitulation promise à
Glover ne fût octroyée et signée. Il pensa qu'en
toutes choses son rival avait surtout en vue les
avantages pécuniaires et il n'hésita pas à faire
des concessions sur ce point. Il conclut un arran-
gement stipulant que le droit de 2 0/0 qu'il pré-
levait sur les vaisseaux protégés serait, pour ce
qui regardait les Flamands, partagé entre lui
et Glover[1]. Cette convention ne lésait que l'intérêt personnel de Salignac : c'était le dernier
mot du plus noble désintéressement. Salignac,
au reste, n'avait eu garde d'engager l'avenir :
ses successeurs n'étaient liés en rien et les
droits de la France étaient sauvegardés. L'ac-
cord conclu, Morath s'engagea à le respecter,
et la paix rétablie entre les deux ambassadeurs
ne fut plus troublée.

Malgré tout, on est étonné de voir Salignac

1. Salignac au roi, 28 décembre 1609.

consentir à cette transaction, lui qui, durant toute son ambassade, n'avait pas reculé d'un pas et n'avait jamais voulu céder. Le fait que ce sacrifice momentané n'atteignait nullement les intérêts de la France, comme on vient de le voir, n'est pas une explication suffisante.

Il y avait une autre raison à cette concession si, mince qu'elle fût. C'était moins sir Thomas que la maladie qui venait de triompher de Salignac. Ce grand corps, qui avait été élevé au milieu des rigueurs des Pyrénées et dans l'agitation de la vie des camps, souffrait du climat doux et amollissant de l'Orient et de la vie sédentaire qu'on lui faisait mener.

L'année précédente, Salignac avait déjà été forcé de s'aliter, de faire une cure d'eaux qui était restée sans effet. Miné par de constants efforts, rongé par d'éternels soucis, il avait grand besoin de repos, et ce repos il se résignait seulement à l'acheter de ses propres deniers, de telle sorte que ni son maître ni ses successeurs n'en pouvaient souffrir. Cette concession de Salignac, la première, la seule qu'il fit jamais, loin d'amoindrir ce beau caractère, le grandit encore davantage.

Depuis lors, sir Thomas renonce à toute provocation. Sans être l'ami de Salignac, il

6

demeure avec lui dans les termes d'une cordialité officielle : c'était tout ce qu'on était en droit d'attendre de lui.

Désormais tranquille du côté de l'Angleterre, Salignac put travailler avec plus d'ardeur à établir des Jésuites à Constantinople. Du temps de M. de Germigny, Henri III avait fait déjà consentir le sultan à leur installation, mais les premiers religieux qui avaient été envoyés, emportés tous par la peste de 1583, n'avaient pas été remplacés. Peu de temps après son arrivée à Constantinople, Salignac avait demandé au roi d'en faire envoyer de nouveaux. Des pourparlers à cet effet furent engagés à Rome et à Constantinople : le pape et le sultan acquiescèrent aux désirs d'Henri IV et de Salignac. Au mois de septembre 1609 débarquait à Constantinople une nouvelle mission, sous la conduite du P. de Canillac[1]. Encore tout frémissants de leur lutte avec le pape, qui avait jeté sur eux l'interdit, les Vénitiens gardaient rancune aux Jésuites, qu'ils

---

1. Il appartenait à l'illustre maison de Montboissier-Beaufort-Canillac, une des plus anciennes d'Auvergne qui compte parmi ses gloires Pierre le Vénérable et qui est la seule française actuellement existante qui ait fourni des papes à l'Eglise (Grégoire XI et Clément VI).

considéraient comme les agents les plus actifs
et les auxiliaires les plus habiles de la politique
pontificale ; ils s'efforcèrent donc de leur faire
tout le mal possible et de les ruiner dans l'esprit des Turcs. Dans cette circonstance, le
Baile agissait de concert avec sir Thomas :
celui-ci, trop heureux de trouver une nouvelle
occasion d'être l'adversaire de Salignac, était
sûr d'entrer dans les vues de son maître, dont
la conspiration des Poudres avait ranimé la
haine contre les Jésuites. Mécontent d'éprouver
de la résistance, notre ambassadeur supplia
Henri IV d'écrire à la République pour lui demander raison de l'hostilité de son Baile. Henri IV
était sous l'influence d'un Jésuite, le P. Coton,
son confesseur. Il se hâta d'envoyer une lettre
courroucée[1] à la Seigneurie, qui blâma son
ambassadeur et lui enjoignit de ne plus in-

---

1. « Très chers et grands amys, alliés et confédérés, ayant
recommandés au sieur de Champigni, nostre ambassadeur,
de vous repeter les tracasseries qui ont été données par
aulcuns de vos ministres aux Pères Jésuites qui sont à Constantinople, depuis qu'ils y ont esté establis par notre autorité, nous vous prions l'écouter, et cela favorablement, y
apporter le remède convenable à la bonne et parfaicte amitié
qui est entre nous et croire que c'est chose qui regarde nostre
consentement ; nous le tiendrons aussi à plaisir, ainsy que
vous dira nostre ambassadeur et nous prions Dieu...

(*Lettres missives*, t. VIII, p. 972.)   HENRY.

quiéter les religieux. Le Baile obéit[1]. Le
15 mai 1610, Salignac informait Henri IV de
cet heureux résultat. Depuis lors, les Jésuites
sont restés à Constantinople et n'ont pas cessé
d'étendre leur influence en Orient pour le plus
grand bien de France, qui encore aujourd'hui
subventionne leurs établissements.

1. Pourtant en 1615, un nouveau Baile, Nani, poursuivit
les Jésuites de la même haine, et leur fit interdire le péle
rinage de Jérusalem.

CHAPITRE VI

Magnanimité de Salignac. — Nouvelle de la mort d'Henri IV
— Profonde douleur de l'ambassadeur français. — Il tombe
malade — Sa mort. — Ses obsèques. — Attitude de Glover
— Sir Thomas après la mort de Salignac. — Toujours à
court d'argent. — Il se laisse acheter. — Son rappel. — Il
résiste. — Son départ piteux. — Il se justifie à son arrivée
en Angleterre. — Sa faveur. — Obscurité sur le reste de sa vie.

Les difficultés semblaient s'aplanir autour
de Salignac. On eût dit que ses adversaires
d'antan, comme subjugués par sa ferme et
loyale attitude, respectaient leur ennemi vieil-
lissant. Sa santé, bien que minée et affaiblie
par des soucis de toute sorte, paraissait s'amé-
liorer.

Non content d'avoir montré une courtoisie
parfaite dans sa lutte avec Glover, il voulut
faire plus encore pour son ancien ennemi : il
lui vint en aide et lui sauva la vie. Sir Thomas,
en effet, était allé se plaindre au vizir au sujet
de certaines marchandises que les Turcs avaient

capturées : le ministre, fatigué de ses reproches,
le fit arrêter et conduire aux Sept-Tours, avec
menace de lui trancher la tête[1]. A cette nouvelle, Salignac se rendit auprès du vizir et
intercéda si bien en faveur de l'ambassadeur
qu'il obtint sa mise en liberté. Et l'on put voir
à travers la ville Salignac escortant Glover,
après l'avoir arraché à la mort. Au fond de
son cœur sir Thomas dut comparer la magnanimité de Salignac avec sa propre bassesse qui
avait naguère soudoyé des assassins contre
celui auquel il devait maintenant la vie !

Salignac ne jouit pas longtemps du fruit de
ses efforts. Le 21 juillet 1610, entouré de ses
fidèles, il conversait avec eux et s'entretenait
de la patrie absente et de son roi bien-aimé : il
leur disait toutes ses craintes et ses soucis
passés, toutes ses espérances d'avenir, quand
soudain un courrier se présente. Salignac prend
la dépêche, tranquille et souriant, et, savourant

---

1. Salignac au roi, 12 juin 1610. « Glover fut extrêmement
injurié du dit premier Bassa et avec de si estranges parolles
qu'il ne se peult dire : lui ayant donné divers dementiz,
l'ayant appelé : meschant, trompeur, desloial et dict qu'il
s'en allast au diable, qu'il ne sçavoit qui le retenoit qu'il ne
lui fît trencher la teste, qu'il savoit bien qu'il estoit un Polaque
(Polonais), bastard, homme de néant qui par diverses tromperies estoit venu où il est. »

d'avance les éloges qu'il attend de son maître, il jette les yeux sur la lettre et pâlit, car il n'a pas reconnu l'écriture d'Henri IV. Un sinistre pressentiment l'agite ; fiévreux et tremblant, il rompt le sceau à la hâte, parcourt la missive, puis, comme mû par un ressort, il se dresse, pousse un cri étouffé et tombe à la renverse, inanimé : Henri IV était assassiné !

Nous avons vu précédemment toute l'amitié qui unissait ces deux cœurs. Amitié d'enfance, car ils avaient vécu ensemble leurs premières années ; amitié de jeunesse, car ils avaient combattu côte à côte ; amitié d'hommes faits, car le roi et le diplomate avaient travaillé de concert à la gloire du pays et à la prospérité de l'État. La mort prématurée d'un si grand prince avait brisé à jamais le cœur de Salignac. Car il sentait son œuvre chanceler tout entière. Henri IV était plus qu'un maître, c'était l'incarnation de la France ; c'était pour lui qu'il s'était séparé de sa famille, c'était de lui seul qu'il espérait recevoir le digne salaire de ses efforts.

Salignac ne se releva plus de ce coup. Les lettres qu'il écrit alors à la reine mère et au jeune roi sont pleines d'une indicible douleur, que rien ne pourra consoler. Dès lors, son état ne cessa d'empirer ; la maladie, dont les méde-

cins avaient cru un instant triompher, reprit
son œuvre sans plus trouver de résistance. Ses
forces l'abandonnaient et cette grande âme semblait peu à peu se détacher de son corps. On
eût dit qu'un mystérieux appel l'attirait vers
l'au-delà. Et, à ceux qui pleuraient en le voyant
sur le point de quitter la terre, il répondait :
« Je vais retrouver mon bon maître. »

C'est dans ces sentiments que, le 12 octobre 1610, s'éteignit Jean de Gontaut-Biron,
baron de Salignac, ambassadeur de Sa Majesté
Très Chrétienne vers le Grand-Seigneur et chevalier du Saint-Esprit[1].

Ses obsèques furent célébrées le mercredi
13 octobre, dans l'église Saint-Benoît, desservie
par les Jésuites et où il avait demandé d'être

1. Cette date est celle que porte l'épitaphe de Salignac
dans l'église Saint-Benoît à Constantinople : *Obiit natus anno* 57,
die 12 *octobris anno* 1610. Elle est aussi donnée par une lettre
de M. du Carla, frère et successeur de Salignac, qui, le di-
manche 17 octobre 1610 (Nat., fr. 16146, f° 134), écrit à Marie
de Médicis que l'ambassadeur est mort le mardi précédent.
Dangus dit aussi que son maître expira le soir du mardi
12 octobre. C'est par erreur que le comte de Gontaut-Biron a
imprimé 11 ; le manuscrit français 16171 ne permet pas d'hésiter. Il ne faut donc pas s'en rapporter aux frères Haag, qui
(*la France protestante*, t. V, art. *Biron*) font mourir Salignac
en 1605, pas plus qu'à l'éditeur des *Lettres missives de Henri IV*
ou à La Chesnaye Desbois (t. VII, art. *Gontaut*), qui placent
cette mort en 1604.

inhumé. Bordier nous a laissé le récit de cette pompe[1], qui fut de très belle ordonnance et rendue encore plus émouvante par l'affluence des indigènes et des étrangers venus en foule pour rendre un dernier hommage à la mémoire du mort. Sir Thomas Glover et le Baile de Venise y assistèrent. Le lendemain, il y eut un second service où le P. de Canillac prononça une oraison funèbre qui n'est pas parvenue jusqu'à nous.

Sir Thomas Glover, dans une dépêche du 16 octobre 1610, annonce à la fois la mort et l'enterrement de Salignac[2]. Sa lettre, d'une allure tout officielle, ne laisse pas deviner quels étaient alors les sentiments de l'ambassadeur anglais à l'égard de l'homme qui naguère encore lui avait sauvé la vie. Sa rancune et sa haine, réduites dans ces derniers temps à l'impuissance, n'auraient-elles pas même désarmé devant la mort?

Après la mort de son adversaire, sir Thomas Glover reste à Constantinople. Le beau zèle qu'il avait déployé dans les premiers temps de son ambassade se refroidit peu à peu. Son

1. On peut aussi le lire dans l'ouvrage du comte Th. de Gontaut Biron, t. I, p. 135.
2. The French ambassador, Mounsiure di Salaniak, after 39 days sickness of a Terzana, deported this life leaving his owen

Gouvernement, n'ayant plus rien à redouter ni d'Henri IV ni de Salignac, lui ménagea avec parcimonie les subsides. Cette manière de faire ne contenta point Glover, dont l'amour-propre ne pouvait se résoudre à diminuer son train de maison et qui n'avait plus, en outre, de moyen pour apaiser la horde de ses créanciers. Il lui fallait donc avant tout de l'argent et, pour en avoir, tous les moyens lui parurent bons. Il se laissa acheter par l'Espagne, comme l'avait fait jadis Lancôme ; puis tour à tour le grand-duc de Toscane et Rome payèrent largement ses services. Nous avons eu l'avantage de trouver en Angleterre dans une collection privée quelques lettres qui relatent ces faits : « Pour ce qui regarde sir Thomas Glover, écrit l'un des correspondants, il n'est pas seulement, à ce que j'entends, pensionné par le roi d'Espagne, mais aussi par Florence ; il a même des obligations avec Rome. *Omnes vias pecuniæ tentat*, tel est

---

brother to supplie his place untill further order out of France. After whose decease, on the next dayeh is obsequies were celebrated with a reasonable pompe : the Baylo Venice and myselfe with al lour marchants and household retinues, have accompanied his funerall into the church in Gallata called santo Benedetto. » (Sir Th. Glover to the Earl of Salisbury, 16 october 1610.)

en quelque sorte le résumé de ses actes[1]. » Ces
procédés douteux furent bientôt connus du roi
d'Angleterre, qui destitua son ambassadeur et
lui ordonna de revenir. Sir Thomas, sachant
bien ce qui l'attendait en Angleterre, différait
toujours et remettait sans cesse son départ.
Même, s'il faut en croire Pindar, son successeur[2], il aurait songé à se faire musulman et
à se créer ainsi une position chez les Turcs que
ses précédentes largesses lui avaient conciliés.
Il ne mit pas toute fois ce projet à exécution,
mais ses menaces inquiétèrent cependant le roi
d'Angleterre[4], qui donna ordre à Pindar de
payer les dettes les plus criardes de Glover[5], à
condition qu'il reviendrait immédiatement dans
sa patrie[6].

1. Sir D. Carleton to sir J. Digby, 7 september 1611, Venice
(Collection privée de George Winkfield Digby, Esqu.).
2. Il crut tout d'abord à une disgrâce passagère, car le
8 novembre 1611, il faisait demander par Pindar à Salisbury,
s'il ne pouvait être maintenu dans son poste pendant 5 ans
encore (State Papers, Turkey, vol. VI).
3. Sir D. Carleton to sir J. Digby, 25 may 1612 (même collection).
4. Sir J. Digby to sir D. Carleton, 23 may 1612 (Madrid).
5. Ce ne fut pas sans peine, à en croire Pindar, qui écrit le
23 mai 1612 à Carleton « qu'il serait plus facile de blanchir un
nègre ou de démoucheter un léopard que de payer les dettes
de Glover » (State Papers. Turkey, vol. VII.)
6. Le même au même, 1er september 1612 (Venise).

Sir Thomas obéit alors aux injonctions de son maître. En janvier 1613, il débarquait à Londres, où il fut cependant bien accueilli. Devant le roi, il se justifia pleinement de toutes les charges qui pesaient sur lui, rappela éloquemment tous les services qu'il avait rendus au commerce anglais[1] et se lava de l'accusation de trahison. Le roi, gagné par ses arguments, lui pardonna et lui donna même pour le restant de ses jours une place de trésorier général. Depuis lors la vie de Glover[2] nous est totalement inconnue ; l'absence de documents laisse dans l'ombre sa vieillesse et sa mort.

Quel contraste entre ces deux hommes ! Conduite, procédés, idéal même, tout chez eux est dissemblable. Salignac, en effet, veut la grandeur de son roi et de son pays, il la soutient à force de fermeté, de franchise et de loyauté :

1. Dans une collection particulière, il existe un mémoire de 1622 qui énumère les services rendus par Glover et ajoute même qu'il dépensa 100.000 dollars sur sa bourse et qu'il fut destitué injustement.
(*Collection de M. le Comte de la Warr, à Londres.*)
2. Chamberlain to Carleton, n° 19, n° 27, n° 74 (*State Papers Domestic-James* 1, vol. 72).

durant toute sa mission, aux heures les plus critiques, il ne se départ jamais de cette majestueuse dignité devant laquelle les Turcs s'inclinaient malgré eux. Glover ne veut, en définitive, que sa propre fortune ; l'amour de sa patrie et le dévouement à son roi ne sont la plupart du temps qu'un habile moyen pour déguiser et farder ses intentions véritables ; enfin, la fourberie, la corruption, pour ne pas dire la trahison, sont ses procédés habituels. L'ambassadeur français meurt sur la brèche, victorieux et respecté. L'Anglais est destitué et ne se justifie que grâce à de nouvelles intrigues.

Mais ce n'est pas un parallèle entre ces deux ambassadeurs que nous avons voulu établir. Nous nous sommes élevés au-dessus de leurs personnes pour nous attacher de préférence aux intérêts opposés qu'ils avaient reçu mission de servir et à leur action diplomatique, qui est l'un des épisodes les plus intéressants de la rivalité de la France et de l'Angleterre. Nous avons vu ressortir de l'ensemble des faits le danger que, par les intrigues de nos voisins d'outre-Manche, courait dans le Levant l'influence morale et coloniale de la France aux premières années du xviie siècle. Nous nous sommes efforcés de jeter quelque jour sur les obscurités de la diplomatie anglaise, qui, dans la personne de sir Thomas Glover, nous apparaît déjà avec sa tenace et indomptable persévérance, mais aussi, avec les procédés qui la caractériseront dans la suite, les menées louches et tortueuses.

Salignac, il est vrai, n'était pas arrivé à un succès complet. A la faveur de la mort d'Élisabeth, il avait un instant espéré avec Henri IV remettre les choses dans leur état primitif et rendre à la France le monopole de la protection des chrétiens dans les pays du Levant. En dépit de cinq ans d'efforts, l'Angleterre avait toujours pied à Constantinople. Notre situation là-bas était certes améliorée; mais il suffisait d'un instant d'abandon ou de relâchement dans notre politique pour nous faire perdre de nouveau le terrain si laborieusement reconquis. Notre situation dépendait donc du bon ou du mauvais choix de notre ambassadeur.

En dehors de l'intérêt de détail qu'ils peuvent présenter, les débats survenus entre Salignac et Glover montrent donc toute la convoitise de l'Angleterre et toute la fragilité de notre suprématie en Orient. Avec Salignac, la politique française avait il est vrai, triomphé; l'avantage reconquis par lui se maintiendra tant qu'un prince éclairé comprendra la nécessité de suivre la route tracée par Henri IV et d'envoyer à Constantinople d'autres Salignacs. Mais, quand Louis XIV aura succédé à Louis XV, la France, entraînée dans la lutte continentale entre la Prusse et l'Autriche, perdra de vue ses vrais intérêts en Orient. L'Angleterre, au contraire, poursuivant sans relâche et sans hésitation sa marche ténébreuse, apparaîtra soudain, à nos yeux étonnés, victorieuse. Elle foulera aux pieds nos droits séculaires, réussira peu à peu à fonder sur le Bosphore une action rivale de la nôtre. Ainsi donc, de ces deux politiques différentes, l'avenir appartenait à celle de Glover, l'estime et l'admiration des siècles à celle de Salignac.

APPENDICE

ÉTUDE BIBLIOGRAPHIQUE

ET

PIÈCES JUSTIFICATIVES

I

ÉTUDE CRITIQUE DES SOURCES

A côté des correspondances diplomatiques de
Salignac et de Glover, nous avions pour nous ren-
seigner sur nos deux ambassadeurs des sources
d'un genre différent, des sources narratives à pro-
prement parler. C'est par elles que nous commence-
rons cette très courte étude bibliographique.

Et parmi ces récits, nous prendrons d'abord la
Relation des voyages d'Henry de Beauvau[1], gentilhomme lorrain qui accompagna l'ambassadeur
dans le voyage qu'il fit pour se rendre à son poste.
Cette relation, publiée dès l'année 1615 à Nancy,
in-4°, contient une foule de détails intéressants sur
les contrées traversées par nos voyageurs et sur
Constantinople même. L'auteur était doué d'un re-
marquable esprit d'observation ; c'est pourquoi nous
regrettons qu'il n'ait fait, dans la capitale de l'em-

1. Dans leur *Histoire généalogique de la maison de Beauvau* (Paris, 1626, in-fol., p. 37), les frères Sainte-Marthe
parlent de ce Henry de Beauvau, « baron de Beauvau et de
Manonville, conseiller d'Etat du duc de Lorraine, premier
gentilhomme de sa chambre et son grand écuyer marié, en
1607, à Catherine de Haraucourt ».

pire turc, qu'un séjour de quelques semaines : Salignac était en effet à peine installé, que Beauvau le
quitta pour accompagner Savary de Brèves qui
rentrait en France par la Palestine et la Barbarie.

Le baron de Salignac avait attaché à sa maison,
en qualité de fauconnier, un certain Jean Bordier,
originaire de Pluviers[1]. Ce n'était pas seulement un
serviteur fidèle et dévoué, un grand chasseur et
un voyageur intrépide, mais encore un esprit ouvert
et curieux. Il a consigné, dans un volumineux manuscrit[2], les événements les plus importants qui
signalèrent son séjour en Turquie et ses excur-
sions en Syrie, en Palestine, en Arménie, etc.
Cette relation, très riche en renseignements précieux sur la vie et les usages des populations de
l'Orient, a été imprimée, mais seulement en partie.
M. le comte Théodore de Gontaut-Biron, qui l'a publiée, s'est borné à en tirer les passages qui con-
cernent plus particulièrement Salignac, c'est-à-dire
environ le tiers de l'ouvrage[3]. Mais le texte même
de ces extraits a subi de fréquentes coupures, dont
quelques-unes sont regrettables, et dont le motif
ne s'explique guère[4]. Il sera donc préférable de se
reporter directement au manuscrit.

Ces deux récits sont confirmés et complétés par

1. Arrondissement de Nontron, département de la Dordogne.
2. Bibliothèque Nationale, fonds français 18076, in-fol.
de 1.500 pages.
3. Paris, Champion, 1889, in-8°, de 150 pages.
4. Par exemple, édition Gontaut-Biron, p. 7, 9, 25, 72, 123,
125, etc. Ajoutons que M. le comte Th. de Gontaut-Biron
n'a pas suivi l'orthographe du manuscrit ni celle du temps
présent.

le journal de voyage de Jacques d'Angus ou Dan-
gu&se, secrétaire de l'ambassadeur. Cette relation,
inédite pour la plus grande partie, nous a été
conservée en deux manuscrits du xviie siècle, dont
l'un (Bibl. Nationale, fr. 1671) semble visiblement
copié sur celui qui se trouve à la Bibliothèque
de l'Arsenal, sous le numéro 4970.

La Bibliothèque Nationale possède une biogra-
phie manuscrite abrégée du baron de Salignac,
qui permet de reconstituer sa vie publique, et de
dégager sa personnalité des erreurs ou des con-
fusions qui ont pu l'obscurcir [1].

Mais la source de renseignements la plus abon-
dante est, sans contredit, la volumineuse correspondance échangée au cours de sa mission par Salignac avec le roi et les secrétaires d'État. Nous en
possédons les originaux avec la traduction des
passages chiffrés, faite au moment de leur réception officielle. Ils remplissent deux manuscrits de
la Bibliothèque Nationale [2]. Cette collection est
malheureusement incomplète : il y manque les
dépêches envoyées par Salignac, du 6 février au
25 novembre 1605 et dont nous n'avons trouvé
trace nulle part.

M. le comte Théodore de Gontaut-Biron a publié
ces papiers d'État [3]. Mais soit parti pris de l'éditeur, soit inadvertance du copiste, si aucune des

---

1. Cabinet des titres, dossiers bleus, n° 320, f° 110, et fonds
français, 22252, f° 78.
2. Français, 16145 et 16146.
3. Paris, Champion, 1889, grand in-8°; un vol. de xiv-45
pages.

lettres n'a été omise dans l'imprimerie, on n'y re-
trouve pas toujours le texte intégral du manuscrit ;
et on y constate des omissions regrettables [1]. Le
lecteur intéressé ne s'en tiendra donc pas exclusi-
vement à l'édition de M. le comte Th. de Gontaut-
Biron ; il se reportera de préférence au manuscrit. C'est ce que nous avons fait pour notre part.

L'impartialité nous faisait un devoir de rechercher aussi des renseignements d'origine anglaise sans lesquels d'ailleurs notre information
eût été incomplète et insuffisante. Nous avons eu la
bonne fortune d'obtenir communication des lettres
adressées au comte de Salisbury [2] par l'adversaire
de Salignac, sir Thomas Glover. Ces lettres inédites
sont conservées à Londres au Public Record-Office.
(*State-Papers*, *Foreign Series Turkey*, volumes V
et VI). Il y en a *quatre-vingt-cinq*, auxquelles on a
joint deux réponses de Salisbury à l'ambassadeur
anglais.

Plusieurs de ces dépêches contiennent quelques

---

1. En revanche, l'éditeur a essayé de combler la correspondance de Salignac pour la période du 6 février 1605 au 24 novembre, en empruntant au *Journal de d'Angus* la relation
abrégée des faits.

2. « To the right Honorable and my verie good Lord the
Earle of Salisbury Knight of the most noble Order of the
Garter. Lord High Treasurer of England and one of his
Majesties most Honorable privie consaile. »

Ce personnage c'était Robert Cécil, fils du fameux baron
de Burleigh ; il fut ministre sous Élisabeth et Jacques Ier,
envoyé auprès de Henri IV pour traiter de la paix avec l'Espagne. Il contribua beaucoup à la condamnation du comte
d'Essex, fut comblé de faveur et créé comte de Salisbury
(1563-1612).

passages chiffrés, dont la traduction n'a pas été faite lors de la réception en Angleterre et dont le chiffre n'a pas été conservé au Record-Office. Mais, comme ces passages sont assez peu étendus et que l'ignorance de leur contenu ne semble pas obscurcir le sens des lettres, nous avons cru devoir, après quelques essais infructueux, renoncer à en trouver la clef.

Cette correspondance nous a permis de nous éclairer en toute impartialité sur les conflits survenus entre l'ambassadeur de France et celui d'Angleterre. Elle nous permet aussi d'apprécier le caractère de Thomas Glover, mais sans nous fournir aucun renseignement sur son origine et sur sa naissance. Nous avons vainement tenté d'y suppléer par nos recherches personnelles. Le Record Office n'a pas conservé le souvenir de ce diplomate, et la *National Biography*, de Londres, d'ailleurs si étendue et si complète, ne lui a pas consacré une ligne. D'où vient donc ce silence profond sur un homme qui a cependant joué un rôle important dans les affaires de son pays en Orient? Sans doute, de ce que Glover n'était pas un homme de qualité, que c'était un homme d'affaires plutôt qu'un véritable ambassadeur. Peut-être aussi (et ses procédés à l'égard de Salignac le feraient supposer), l'Angleterre a-t-elle eu quelque intérêt à jeter un voile sur les faits et gestes de cet agent.

Quoi qu'il en soit, sa correspondance a été ignorée jusqu'à ce jour. Les historiens qui se sont occupés des affaires d'Orient en général ou de Salignac en particulier ne semblent pas en avoir soupçonné l'existence, encore qu'elle jette quelque lumière sur la diplomatie anglaise [1].

En dehors de cette correspondance, les documents relatifs à Glover sont très rares. Macpherson s'est borné à signaler brièvement la nomination de sir Thomas au poste d'ambassadeur sans rien dire de la manière dont il l'a rempli [2]. L'instruction que lui donna le roi Jacques Ier [3] est très vague et ne dit rien de la conduite qu'aurait à tenir le nouvel ambassadeur.

Grâce à une bienveillante communication de M. Georges Wingfield Digby de Londres, nous avons pu consulter quelques lettres inédites de sa précieuse collection. Ces lettres, écrites en 1611 et 1612 à Sir J. Digly, nous ont fourni quelques renseignements piquants sur l'attitude de Glover après la mort de son rival [4].

1. Nous en extrayons ici seulement ce qui intéresse Salignac et la France, nous proposant de la publier quelque jour *in extenso*.

2. *Annals of Commerce*, London, 1805, t. II, p.2 45.

3. La voir dans les *Rymers fœdera*, t. VII, part. II, p. 155.

4. Nous avons puisé aussi quelques renseignements dans les lettres de Pindar, successeur de Glover (*State Papers Turkey*, vol. VII).

II

BIBLIOGRAPHIE

DOCUMENTS MANUSCRITS

Bordier, *Ambassade en Turquie de M. de Salignac*. Bibl. Nat., fr., 18.076.

Canillac (le P. de), *Oraison funèbre de haut et puissant seigneur Messire François de Biron, Salaignac, gentilhomme de la chambre du roi* (fils de l'ambassadeur), *en l'église de Salaignac*, par un Père de la Compagnie de Jésus. Bibl. Nat., Clairambault, 1120.

Correspondance de M. du Carla (frère de Salignac). Bibl. Nat., fr., 16.172.

Correspondance de M. de Salignac, Bibl. Nat., fr., 16.145 et 16.146.

Dangus ou Dangusse, *Journal de voyage*. Bibl. Nat., fr., 16.171, et Arsenal, ms., 4.970.

Dépêches de sir Thomas Glover à lord Salisbury (*Depeaches from sir Thomas Glover to the Earl of Salisbury*. Londres, Public record Office (State Papers foreign series Turkey, vol. V and VI).

Documents généalogiques relatifs à la maison de Gontaut. Bibl. Nat., Cabinet des titres : dossiers bleus 320, et fr., 22.252.

Instruction baillé au sieur baron de Salignac s'en allant résider ambassadeur à Constantinople à la Porte du Grand-Seigneur, l'année 1603. Bibl. Mazarine, ms. 2.087, et Bibl. Nat., fr., 15.870.

Lettres concernant sir Thomas Glover. A Londres, cabinet de sir Wingfield Digby.

Pièces de l'ambasssade en Levant, de M. de Brèves, lesquelles il a laissées au pouvoir de M. le baron de Salignac. Bibl. de l'Arsenal, 4.769 ; Bibl. Nat., Fds. Fr., 16.171.

Traités et ambassades de Turquie depuis 1574 jusqu'en 1610. Bibl. Nat., fr., 16.171.

Traités entre les rois de France et le Grand-Seigneur. Arch. Nat., K. 1.347, n° 22.

OUVRAGES IMPRIMÉS

Alberi, *Relazioni degli Ambassadori Veneti la Senato* (xvi° siècle, 3° série), Firenze, 1840-1855, 3 vol. in-8°.

Belin (A.), *Histoire de la latinité de Constantinople,* 2° édit., Paris, 1894, in-8°.

Beauvau (Henri de), *Relation de ses voyages.* Nancy, 1615, in-4°.

Benoit, *Étude sur les capitulations entre l'empire ottoman et la France.* Paris, 1890, in-8°.

Bonnac (le marquis de), *Mémoire historique sur l'ambassade de France à Constantinople.* Edit. Ch. Schefer, Paris, 1894, in-8°.

Brèves (de), *Relation de ses voyages.* Paris, 1630, in-4°.

Carayon (le P.), *Relations inédites des missions de la Compagnie de Jésus à Constantinople.* Paris, 1864, in-8°.

Charrière, *Négociations de la France dans le Levant* (dans la Collection des Documents inédits sur l'histoire de France). Paris, 1848-1860, 4 vol. in-4°.

Depping, *Histoire du commerce entre le Levant et l'Europe depuis les croisades jusqu'à la fondation des colonies d'Amérique.* Paris, 1830, 2 vol. in-8°.

Féraud-Giraud, *De la Juridiction française dans les Echelles du Levant et de Barbarie.* 2° édition, Paris, 1866, 2 vol. in-8°.

Gontaut-Biron (le comte Théodore de), *Ambassade en Turquie de Jean de Gontaut-Biron, baron de Salignac (1605-1610).* Auch et Paris, 1888-1889, 2 vol. gr. in-8°.

Hackluyt, *The principal Navigations, voyages, traffiques and discoveries of the English nation.* London, 1598-1600, 3 vol. in-8°.

Hammer, *Histoire de l'empire ottoman* (trad. J.-J. Hellert). Paris, 1835-1843, 18 vol. in-8°.

Hertslet, *A complete collection of the treatees betvveen Great Britain and foreign povvers* (année 1574). London, 1827, 3 vol. in-8°.

Lavallée (Th), *Histoire de Turquie.* Paris, 1873, 2 vol. in-8°.

Macpherson, *Annals of Commerce.* London, 1805, 2 vol. in-8°.

Masson (Paul), *Histoire du commerce français*

dans le Levant au XVIIe *siècle.* Paris, Hachette, in-8°, 1896.

Miltitz (de), *Manuel des Consuls.* Londres et Berlin, 1837-1842, 2 vol. in-8.

Piggot, *Exterritoriality ; the lovv relating to consular juridiction and to residence in oriental countries.* London, 1892, in-8°.

Prévost-Paradol, *Ambassade de Hurault de Maisse en Angleterre* (thèse). Paris, in-8°.

Rey (Fr.), *la Protection diplomatique et consulaire dans les échelles du Levant et de Barbarie.* Paris, Larose, in-8°, 1899.

Testa (J. de), *Recueil des traités de la Porte Ottomane avec les puissances étrangères* (France). Paris, 1864-1894, 8 vol. in-8°.

Vandal (comte A.), *la Mission du marquis de Villeneuve.* Paris, 1887, in-8°.

Zeller (J.), *la Diplomatie française vers le milieu du* XVIe *siècle,* Paris, 1881, in-8°.

III

PIÈCES JUSTIFICATIVES

1° COMMISSION DONNÉE A SIR THOMAS GLOVER
SE RENDANT A CONSTANTINOPLE

Jacobus, Dei Optimi, Maximi, mundi Conditoris et Rectoris unici clementia, Magnae Britanniae, Franciae et Hiberniae rex, verae fidei contra Idololatras, false Christi nomen profitentes, invictus et potentissimus propugnator, universis et singulis praesentes hasce litteras visuris et inspecturis Salutem.

Cum Augustissimus et Invictissimus Princeps Sultan Achomet Chan Turcici regni Dominator Potentissimus Imperiique Orientis Monarcha, pro mutua inter nostros atque illius subditos utilitate, et commodorum ratione subditis nostris in omnibus Musulmanici Imperii sui ditionibus, liberam commercii exercendi et negotiorum gerendorum facultatem, tanta benignitate tantaque Privilegiorum amplitudine, concesserit, quanta quibusvis christianorum Principum subditis, vel ab ipso, vel a Majoribus ejus est concessa, ob eamque causam Amicitiam nobiscum habere decreverit; quam a

Nobis vicissim grato animo, praesertim pro illa Privilegiorum concessione parique voluntate et mutuis humanitatis ac benevolentiae officiis praestare atque observare aequum est, et in perpetuum tempus vere sincereque praestandam suscipimus.

Sciatis quod Nos, singulari erga Nos obsequiumque nostrum fide, observantia, prudentia et probitate dilecti subditi et famuli nostri Thomae Glover (qui est ex eorum numero et ordine qui Nobis ad custodiam corporis nostri inserviunt) plurimum confidentes, eum Oratorem, Nuncium, Procuratorem et *Agentem nostrum* verum et indubitatum ordinamus, facimus et constituimus per praesentes.

Dantes ei et concedentes Potestatem et Authoritatem, nomine nostro et pro Nobis, prædictam amicitiam confirmandi, Privilegiorum concessionem in manus suas capiendi, ratamque habendi omnibus et singulis subditis nostris in Musulmanicis oris terrisque negotiantibus, pro Majestatis nostrae Authoritate praecipiendi mandandique, ut sint in suis commerciis quamdiu et quoties cum Musulmanicis versantur, dictorum Privilegiorum praescripto obtemperantes in omnibus ac per omnia, ad obsequia (quæ praedictae amitiae conveniant) se componentes, ac in delinquentes contra amicitiam nostram praedictam et Privilegiorum donationem animadvertendi.

Quae jussa mandataque nostra ut plenius et quam maxime ad voluntatem nostram exequatur, Potestatem ei damus et Authoritatem in omnes et singulos subditos nostros, in quibuscumque locis et partibus Musulmanici Imperii Dominationi subjectis negociantes, commerciaque exercentes, constituendi

emporiorum suorum sedes in quibus voluerit por-
tibus et civitatibus; in aliisque vetandi, in constitutis
autem emporiorum sedibus consules creandi, leges
praeceptionesque serendi condendique, quarum ex
praescripto dicti nostri subditiet eorum quilibet sese
publice et privatim gerant, earumque violatores
corrigendi castigandique, omnia denique et singula
faciendi perimplendique ad dictorum subditorum
nostrorum honestam gubernationem et commercii
exercendi in illis partibus rationem pertinent.

Promittentes bona fide et in verbo regio, Nos
ratum, gratum et firmum habituros quaecumque
dictus Orator Agens noster a legibus nostris non
abhorrentia in praemissis aut praemissorum aliquo
fecerit.

In cujus rei testimonium, etc.

Datum e Palatio nostro Grenvicensi die decimo
sexto mensis Augusti, anno Domini millesimo
sexcentesimo sexto, regnique nostri praedicti quarto,

Per ipsum Regem :

G. CAREW TYNDALL, *deputatus.*

2° INSTRUCTION AU BARON DE SALAGNAC, ENVOYÉ PAR
LE ROY, AMBASSADEUR A CONSTANTINOPLE [2]
(26 JUILLET 1604)

Le Roy, sur les instances et supplications qui luy
ont souvent esté faictes par le sieur de Brèves, conseiller de Sa Majesté en son Conseil d'Estat et son

1. Rymers, *Fœdera*, t. VII, part. II, p. 155.
2. Bib. Nat., fr., 15.870, f° 256 (original).

ambassadeur résident à la Porte du Grand Seigneur, de luy permettre de revenir en ce royaume,
après avoir dignement et au contentement de Sa
Majesté desservy ladicte ambassade, l'espace de
quinze à seize ans, a résolu de rapeller ledit sieur
de Brèves de ladicte charge. Et estant nécessaire
de choisir quelqu'un pour luy succéder en icelle, Sa
Majesté a faict eslection de la personne du baron de
Salignac, aussi conseiller en son Conseil d'Estat et
mareschal de ses camps et armées, auquel elle a
voulu faire bailler en partant, le présent mémoire
et instruction, affin que suivant icelle, il se con-
duise en ladicte charge, à l'entretenement de l'amitié
et bonne intelligence d'entre Sa Majesté et le Grand
Seigneur qui est à présent, et au contentement de
tous deux et principallement de Sadicte Majesté;
laquelle, à l'exemple des roys ses prédécesseurs, a
esté et veult estre très soigneuse de conserver
ladicte correspondance, pour les advantages qu'elle
peult produire au bien universel de la chrestienté,
quoy que les émulateurs de la gloire et reputation
de ceste couronne ayent souvent publié le contraire,
et essayé de faire trouver mauvaise ladicte correspondance laquelle eulx mesmes ont recherchée et
tentée par diverses voyes, s'ils eussent peu parvenir.

Doncques ledit baron de Salignac s'acheminant
à Constantinople, prendra la route de Venize pour
s'y embarquer, et saluera, au nom du Roy, les princes
et potentats par les Estats desquels il passera, et
leur présentera les recommandations et lettres de
Sadicte Majesté desquelles il a esté chargé, en les
asseurant de la continuation de l'amitié de Sadicte

Majesté et leur offrant tous les offices et services qu'il leur pourra rendre par l'intervention du nom et auctorité de Sadicte Majesté au lieu où il va, comme chose qu'il leur dira qu'il sçait que Sa dicte Majesté aura très agréable.

Estant arrivé audit Venize il visitera de la part de Sadicte Majesté les Seigneurs de ceste honorable Républicque, la vertu et prudence desquelz sert de miroir et d'exemple à toute la chrestienté, avec tesmoignage qu'il leur rendra du désir que Sadicte Majesté a de continuer en affection et bonne volonté qu'elle leur porte, et du commandement qu'il a receu de Sadicte Majesté, de faire pendant le temps de sa légation tous les bons offices qu'il pourra, en bénéfice de leurs affaires. En quoy et pour parfaire ce compliment à l'endroit de ladicte Seigneurie avec la dignité qu'il convient il se gouvernera par l'advis du sieur de Fresnes-Canaye, ambassadeur résident sur le lieu, luy estant baillées lettres pour cest effect à l'un et à l'autre.

Ledict baron de Salignac continuera son chemin par Raguze, où il visitera aussi ladicte seigneurie de la part de Sadicte Majesté et l'asseurera de sa bonne volonté ; mais non avec des termes si relevés que ladicte Seigneurie de Venise, pour l'inesgallité de leurs Estats et puissances, les priant de favoriser ses ministres et affaires, aux occasions qui se présenteront, suivant les lettres de créance qui luy seront à cest effect baillées pour les présenter à ladicte Seigneurie de Raguze. En quoy il se conduira par l'advis du sieur Bourdin, résident pour les affaires et service de Sa Majesté audit lieu. Lequel y estant principallement entretenu par Elle

pour la direction des lettres et paquets de Sadicte
Majesté à ses ambassadeurs en Levant, bien que
ledict Bourdin ne s'en soit jusques à présent beaucoup entremis à l'occasion des frégates que la
Seigneurie de Venise faict partir de quinze en
quinze jours, pour porter leurs dépesches à leur Bayle
résident en Constantinople, il regardera avec ledict
Bourdin l'ordre qu'ils auront à tenir à l'advenir par
bonne et mutuelle inteligence pour l'envoy des pac-
quetz de Sadicte Majesté, mesmement quand ladicte
voye de Venise viendroit à faillir.

Devant que partir de ladicte ville de Ragouze, il
envoyera quelcun des siens à Constantinople devers
ledict sieur de Brèves pour l'advertir de sa venue,
affin de la faire sçavoir au Grand Seigneur et au
Bassa Visir, pour donner ordre qu'il soit receu avec
la dignité qu'il convient à l'honneur qu'il a de
représenter la personne du premier Prince de la
chrestienté (dont les prédécesseurs ont de longtemps
esté uniz d'amitié et de bonne intelligence avec les
Empereurs de l'auguste Maison des Ottomans), ainsi
qu'ont esté les autres ambassadeurs de France en
Levant, et aussi pour préparer son logis. Et ne passera deux journées proche de Constantinople, qu'il
n'ayt eu responce dudict sieur de Brèves, et entendu
ce qu'il aura à faire pour son entrée en ladicte
ville.

Où estant arrivé, et après s'estre diligemment
informé dudit sieur de Brèves, de toutes choses qui
regardent le bien et service de Sadicte Majesté et
de l'estat des affaires de l'empire du Levant suivant
le commandement qu'elle en faict par ses lettres
audit sieur de Brèves, ils adviseront et arresteront

ensemble le temps propre et convenable, pour faire introduire ledit baron de Salignac au baise main de Sa Hautesse et l'installer en ladite charge et légation. Et n'oubliera ledit baron de Salignac (en faisant entendre audit sieur de Brèves le contentement qui demeure à Sa Majesté de ses bons et fidèlz services en ladicte charge), de retirer de luy les dernières dépesches qu'il aura faictes à Sadite Majesté, et qu'il en aura receues et les autres mémoires et instructions qui peuvent estre par devers luy, concernans ladicte charge, et qui pourront servir de lumière audit baron de Salignac, aux négociations qu'il aura à conduire pour le service et par le commandement de Sadicte Maesté. Et s'instruira aussi dudit sieur de Brèves, des advis et intelligences qu'il peult avoir establies par delà pendant sa résidence en ladicte charge, affin de s'en servir et prévaloir en bénéfice des affaires de Sadicte Majesté et des commandemens qu'elle luy pourra faire.

Ayant ledit baron de Salignac obtenu le jour de son audiance et estant admis audit baisemain, il présentera à Sa Haultesse les lettres de créance de Sadicte Majesté qui lui seront présentement baillées. Et commencera son discours, par le plaisir et contentement que Sa Majesté a receu de l'assomption de Sa Hautesse à son empire. De quoy outre l'office de conjouissance que Sa Majesté lui a faict faire par ledit sieur de Brèves immédiatement après ladicte assomption, il luy dira qu'il a encores charge de se congratuler avec luy. Et, pour luy faire paroistre en quel estime Sa Majesté tient et répute sa grandeur et générosité, estant yssu de ceste ancienne et auguste maison qui a si longtemps et si heu-

reusement gouverné l'Empire d'Orient et tant de
royaumes et Estats qui sont soubzmis à son obéis-
sance, elle luy a voulu envoyer les présens qui ont
esté baillés audit baron de Salignac pour luy porter,
ainsi qu'il est accoustumé, non pour esgaller son
mérite à si peu de chose, mais pour tesmoignage de
l'affection que Sa Majesté luy porte et luy faire
cognoistre combien elle est désireuse de soigneuse-
ment et religieusement garder et observer, avec
tous les debvoirs d'amitié, l'ancienne bonne correspondance et intelligence qui a esté longuement
entretenue entre les empereurs de France et les
empereurs Ottomans, prédécesseurs de Sa Majesté
et de Sa Haultesse. A quoy, comme Sa Majesté est
résolue de ne manquer jamais, elle se promect
aussi que Sa Haultesse y coopèrera de son costé,
comme à chose qui ne luy est moins utile et honorable qu'à Sadicte Majesté, tant pour la réputation
des affaires de l'un et de l'autre que pour le proffict
qu'en tirèrent leurs communs subjects, par le moyen
du trafficq et négoce qu'ils ont ensemble ; ayant Sa
Majesté exprès envoyé par dela ledit baron de Salignac, pour y résider son ambassadeur, représenter
sa personne comme a faict ledit sieur de Brèves, et
tesmoigner par ce moyen à toute la chrestienté,
combien la continuation de leur commune correspondance luy est chère et recommandée ; à quoy
il adjoustera tels autres termes d'honesteté qu'il
jugera convenir au suget de sorte qu'il gagne, à
ceste première audiance, sa bénévolence et enfourne
si bien, que pendant le temps de sa légation, il
trouve les négociations qu'il aura à conduire, faciles
et aysées. Et d'autant que ledit sieur de Brèves a

donné advis qu'il avoit de nouveau faict renouveller
et amplifier de quelques articles, les capitulations et
traittéz d'amitié qui avoient aussi esté reconfirmés
depuis sept ou huict ans, pendant le règne du feu
empereur Mehemet, dernier décédé, ledit baron de
Salignac en remerciera aussi ce seigneur, et ce
faisant le requerra de la part de Sadite Majesté,
qu'il tienne la main qu'elles soient à l'advenir mieux
observées qu'elles n'ont esté par le passé; luy re-
monstrant les désordres que commettent sur les subjects de Sa Majesté et autres traffiquans soubs sa
bannière, les corsaires de ses royaumes d'Alger et
de Thunis, retenans encores esclaves en Alger, au
mespris de l'auctorité de Sa Majesté et des commandemens de leur empereur, jusques au nombre de
trois mil quarante cinq subjecz de Sa Majesté et
environ un million des facultés des habitans de la
ville de Marseille et coste de Provence, dont ledit
baron de Salignac sera encores plus particulièrement informé par ledit sieur de Brèves. Mais entre
toutes les autres plainctes, il fault faire esclater
devant Sa Haultesse, celle du désordre que les
janissaires d'Alger ont naguères faict au Bastion
de France en Affrique, qui avoit esté basti et establi
depuis soixante dix ans, avec les permissions des
Grands Seigneurs successifvement, pour faciliter la
pesche du corail et l'enlèvement et transport du
costé d'Afrique, de toutes sortes de marchandises,
et où commandoit le sieur de Moissac, gentilhomme
ordinaire de la Chambre de Sa Majesté. Lesquels
janissaires, croyans que la famine qui estoit audit
Alger, ne proceddoit que de la traitte des bleds,
qui se faisoit hors dudit lieu en ce royaume, se

seroient tellement esmeus que, persuadés de ceste
faulse opinion, ils auroient naguères faict délibérer
dedans un divan, que ledit Bastion seroit razé et
desmoli. Et quelque protestation qui fust faicte au
contraire par le Bassa d'Alger et les principaux de
ladicte ville, qui recognossoient la suite et conséquence de cest attentat, la rage desdits janissaires
auroit passé jusques là, qu'ils auroient contrainct
Morat Rays, chef des gallères et brigantines d'Alger, de s'y acheminer pour faire ladicte desmolition.
Ce qu'il auroit exécuté, de façon qu'outre la perte
de vingt mil escus que cousteroit ledit Bastion de
France à rebastir et remettre en tel estat qu'il
estoit auparavant, il y a esté vollé et desrobbé, en
faisant ladicte desmolition, plus de vingt cinq mil
escus appartenant audit sieur de Moissac, sans une
quantité d'aure attirail qui servoit à ladicte pesche
de corail. De quoy ledit baron de Salignac deman-
dera raison à Sa Haultesse, et en fera retentir la
plaincte si hault, qu'il y soit pourveu, et que ledit
Morat Rays et tous ceux qui ont assisté, soit en la
résolution, soit en l'entreprise, non seulement soyent
punis et chastiés, comme il convient à cest attentat,
mais encores contraincts à la rédiffication dudit
Bastion desmoli, et que ledit Grand Seigneur per-
mette audit sieur de Moissac de s'y establir, de sorte
que sa personne et ses moyens ne soient plus à la
discrétion desdits janissaires et Morat Rays, affin
que s'il leur prenoit envye d'y faire un nouveau désordre, il se puisse défendre contre leurs attentats.
Car Sadicte Majesté est à bon droit sy mal satis-
faite de cestuycy, qu'elle ne le peult porter qu'avec
un grand ressentiment de l'excèz qui y a esté faict.

Lequel, n'estant réparé, produira beaucoup de mal à leurs empires, à cause des accidens qui en pourront arriver. Sur quoy ledit baron de Salignac remonstrera audit Grand Seigneur que, ces désordres estant endurez sans y aporter remède, les capitulations d'entre les deux empires estant si mal observées, leur seront plustost honteuses et dommageables que autrement. Que Sa Majesté a eu pacience jusques à présent, estimant que les commandemens de Sa Haultesse et du feu empereur, son père, seraient mieux obéis et respectés, et qu'il sera pourveu à toutes ces plainctes, mais que c'est chose qu'elle ne peult plus endurer. Partant ledit baron de Salignac dira franchement audit Grand Seigneur, et après luy, à son premier Bassa et à ses principaux ministres que, s'ils n'y donnent autre ordre, Sa Majesté sera contraincte d'entendre aux ouvertures et recherches que luy font les autres princes chrestiens, pour garentir et délivrer ses pauvres subjects de telles avanies et oppressions, indigne de leur ancienne amitié et confédération, affin qu'ils se résolvent de luy donner en cela quelque contentement. Et leur déclarera de plus que, comme ces excèz et mespris sont insuportables à Sa Majesté, ils produiront à la fin des effectz contraires à son désir et à leur ancienne amitié; pour le respect de laquelle Sa Majesté n'a ces jours passés voulu ny voir ny recevoir un ambassadeur que le roy de Perse envoyoit devers elle; lui ayant deffendu de passer plus avant en son royaume que la ville de Marseille, où il s'estoit rendu, en intention de continuer son voiage vers Sa Majesté, qui lui a faict faire commandement de se retirer, à cause que ledit

roy de Perse qui l'envoyoit, faisoit la guerre à ce
Seigneur, avec lequel Sadicte Majesté estant en paix,
elle ne vouloit rien faire qui la peust altérer, mais
au contraire se montrant amye de ses alliés, se
faire aussy paroistre ennemye des ennemys d'yceulx.

Et à ce propos, ledit baron de Salignac se pourra
estendre sur les moyens que Sadicte Majesté a de
bien faire à ses amys, Dieu luy ayant donné un des
plus beaux et advantageux partages du monde, plus
abondant en biens de la terre et autres commodités,
très florissant en nombre de peuples et surtout d'une
généreuse noblesse, plaine de valleur et de dexté-
rité. De là il passera à la prospérité de la France
et au repos dont Sadite Majesté jouyst, n'y ayant un
seul mouvement d'armes en tout le royaume, ou par
la grâce de Dieu Sa Majesté est aussi absolument
recogneue et obéie qu'oncques aucuns de ses préde-
cesseurs ayent esté : ce qui la rend non seulement
redoubtable, mais aussi recherchée de tous ses
voisins, tant sa divine bonté a voulu estendre de
grâces et bénédictions sur son règne, qu'elle espère
qu'il sera remarqué par la postérité, pour exemple
de règne bienheureux. Ayant outre cela donné à
Sa Majesté pour fils un dauphin doué de toutes
rares et excellentes qualitéz qui se peuvent désirer
en un prince de son aage, lequel elle espère laisser
digne successeur, non seulement des vertus hé-
roicques du père, mais encore de ce puissant et florissant Estat donnant très grande espérance de faire
à l'advenir un grand fruict en la chrestienté, par le
soing que Sa Majesté veult prendre de son éducation
et de ses mœurs. Et n'oubliera surtout ledit baron
de Salignac de magniffier la royalle et auguste

personne de Sa Majesté la prudence de laquelle en temps de paix, et ses vertueux et généreux exploicts en temps de guerre, ont esté cogneus et formidables à tous ses voysins. A quoy ledit baron de Salignac adjoustera que, pour se maintenir davantage en ceste créance, Sa Majesté faict faire un bon nombre de gallères qu'elle espère mettre bientost en mer, affin de n'y estre moins redoubtée que sur la terre, et donnant d'ailleurs si bon ordre au redressement de ses affaires, qu'il n'y a point de doubte que ceux avec lesquelz Sa Majesté vivra en paix, ne puissent espérer un grand et notable advantage de son amitié et alliance.

Ledit baron de Salignac n'oubliera, en passant, de toucher un mot des grands travaux que Sa Majesté a soufferts pour mettre en repos ce royaume, lequel elle trouva à son avènement à la Couronne, si rempli de partiallitéz et divisions, qu'il estoit impossible qu'un autre Hercule peust surmonter et coupper les testes de cest hydre et monstre de rebellion qui s'estoit emparé des cœurs de la plupart des habitans des bonnes villes de cedit royaume. De façon que Sa Majesté, estant en ce prédicament par toute la chrestienté, elle peult donner contrepoix aux affaires du monde, de quelque costé qu'elle se veuille ranger, et principallement aux guerres que ladicte chrestienté voudra entreprendre pour la propagation de la religion chrestienne. Il luy parlera aussy des desseings du roy d'Espagne sur la Barbarie et mesme sur Alger, dont il a fait assez souvent retentir le théatre du monde, fomenté et appelé à ce faire par le roy de Congue et les Arabes. Il luy dira qu'il est certain que, sans la crainte que ledit roy d'Espagne a eue des armes de Sa Majesté, il eust desjà executé ladicte entreprise.

Il le mettra aussi sur le propos de la paix de Hongrie, comme de chose que Sa Majesté desire, et qu'elle sera tousjours très ayse de favoriser si c'est le bien et advantage de ce Seigneur et de son empire. Mais il luy dira que Sa Majesté y a recogneu jusques icy l'Empereur peu disposé. De quoy, elle l'a bien voulu faire advertir par ledit baron de Salignac, affin qu'il ne se laisse endormir aux aparances et espérances que l'on luy pourroit donner de ladicte paix ; estimant Sa Majesté, qu'il convient à l'amitié qu'elle a jurée à cedit Seigneur, de luy en faire parler ainsi franchement. Et s'il venoit à propos de toucher quelque chose de la paix que recherche le roy d'Espagne avec le roy d'Angleterre, ledit baron de Salignac fera entendre audit Grand Seigneur, que les affaires en sont en tels termes, qu'il semble que ledit roy d'Angleerre le desire. Et y a plus d'apparence d'en veoir réussir quelque chose que de l'accomodement des affaires des Pais Bas, où la guerre se continue tousjours avec autant de chaleur que jamais, chacun ayant les yeux tendus sur ce qui arrivera des sièges d'Ostande et de l'Escluse ; dont ledit baron de Salignac luy dira que l'évènement estoit fort incertain, lorsqu'il est parti de ce royaume.

Voylà ce que Sadicte Majesté desire qu'il face entendre dès le premier coup audit Grand-Seigneur ; d'autant qu'après l'avoir veu ceste fois, il ne parlera plus à luy qu'à son partement, et aura seulement à négotier avec ses principaux ministres et principalement avec son Bassa Visir ; lequel s'il faut que ledit baron de Salignac visite avant que d'estre introduict audit baise main, ainsi qu'on faict cy devant quelques autres ambassadeurs, il en usera comme ont faict les autres, et se conduira néanmoins en cela par l'advis dudit sieur de Brèves, il sçaura comment deffunct le sieur de Lancosme et luy s'y sont gouvernés : ce qu'il observera aussi à la distribution des présens qui luy ont esté baillés, pour estre par luy délivrés le plus dignement et à l'honneur de Sa Majesté que faire se pourra.

En quelque sorte que ce soit, devant ou après le baisemain, Sa Majesté veult que ledit baron de Salignac visite ledit premier Bassa, et lui donne les présens que Sa Majesté luy envoye, lui faisant entendre l'estime que Sa Majesté faict de sa vertu, à la marque de laquelle il a esté appelé par ce Seigneur, pour la conduicte et direction des principaux affaires de son empire ; de quoy Sadicte Majesté s'estant déjà conjouye avec luy par lettres qui luy ont esté présentées par ledit sieur de Brèves, il ne sera point mal à propos que ledit baron de Salignac luy en face un nouveau compliment, l'asseurant de la bonne grâce de Sa Majesté, et le priant d'estre favorable aux affaires de Sadicte Majesté et de ses subjects, en toutes les occasions qui se présenteront, le tout avec l'advis dudit sieur de Brèves et selon l'estat auquel il trouvera ledit Bassa à son arrivée. Et pour l'y mouvoir davantage, Sadicte Majesté luy escript les lettres qui seront aussi baillées audit baron de Salignac.

Il visitera semblablement le Général de la mer Cygal qui est allé en Perse, s'il le trouve de retour à son arrivée et le conviera aussi de se rendre favorable aux affaires de Sadicte Majesté et de sesdicts subjects, et autres **trafficquans** soubs la bannière de France, luy tenant les langages dont l'instruira ledit sieur de Brèves, et selon aussi la disposition en laquelle il le trouvera. Et fera pareil compliment à l'endroit de deux ou trois autres Bassas et de l'Aga des Janissaires, pour lesquels Sa Majesté lui a faict bailler des lettres en créance sur luy.

Il y a quelque temps que les Anglois, du temps de la feue royne d'Angleterre obtindrent du feu Grand Seigneur, dernier mort, permission de trafficquer par toutes les Eschelles de son empire soubs la bannière angloise, au préjudice de celle de France ; et ayant esté travaillé par le sieur de Brèves jusques icy pour faire revocquer ladicte permission, l'on luy a donné quelques espérances sans aucun effect. Au moyen de quoy si ledit baron de Salignac, marchant dedans les mesmes pas dudit sieur de Brèves, entreprend de faire renverser ladite bannière angloise, comme possible, selon l'estat auquel il trouvera les affaires, il sera conseillé de faire, il ne s'y embarquera légèrement, s'il ne cognoist en pouvoir venir à bout affin de n'offenser inutilement et mal a propos le roy d'Angleterre. Mais s'il juge pouvoir mettre par terre ladicte bannière, Sa Majesté désire qu'il n'en perde l'occasion.

Entre tous les roys et princes de la chrestienté, la précédence de Sa Majesté n'est point controversée par delà, laquelle mesmes luy est accordée avant l'Empereur qu'ils tiennent seulement pour estre roy de Hongrie, et outre cela, leur tributaire. De quoy Sa Majesté a voulu que ledit baron de Salignac ayt esté adverty, affin que si la paix, qui se traitte entre ledit Grand Seigneur et ledit Empereur, venoit a estre conclue, et que ledit Empereur envoyast un ambassadeur à la Porte, ledit baron de Salignac se garde bien de luy laisser usurper ceste prérogative d'honneur et de précédence, au préjudice de Sadicte Majesté, mais la conserve à l'égal de son honneur et de sa propre vie et personne.

Et d'autant qu'après l'interest de l'Estat, l'un des principaux fruicts qui se recueille de l'amitié et confédération de la France avec ledit Grand Seigneur, est le trafficq et entrecours des marchandises que font les subjects des deux princes les ungs avec les autres, Sadicte Majesté commande audit baron de Salignac d'avoir ses dits subjects et autres trafficquans par delà soubs sa bannière, en toute bonne recommandation, et tenir la main qu'ils soient favorablement traictées par toutes les Eschelles de l'empire de Sa Haultesse, que justice leur soit sincèrement administrée, et que les consuls establis esdites Eschelles, ou leurs vice-consuls facent leur debvoir de les protéger, comme leurs charges et debvoirs les y obligent.

L'on a faict souvent plusieurs plainctes à Sa Majesté que les Anglois tiennent la mer du costé de Levant comme de celui d'Occident, et y commettent une infinité de déprédations, estant si accoustumés à ceste friandise de desrobber, qu'ils ne s'en peuvent retirer. Au moyen de quoy Sadicte Majesté veult que, s'ils continuent en ces désordres et à piller ainsi les marchands trafficquans esdites Eschelles, ledit baron de Salignac s'en plaigne à ce Seigneur et à sesdits Bassas et principaux ministres, et face instance qu'il y soit pourveu et que le cours de tant de volleries soit arresté.

Sadicte Majesté, meue d'une singulière piété, veult et commande semblablement audit baron de Salignac, qu'il ayt en recommandation les chrestiens de toutes nations qui se trouveront par delà, les deslivrant d'injustice et d'oppression, autant qu'il luy sera possible. Et affin que chascun cognoisse que Sa Majesté est digne de ce titre de Roy très chrestien qu'elle porte, elle veult aussi qu'il ait soing des Lieux Saints qui y sont, et assiste les religieux qui y servent, les protégeant du nom et de l'auctorité de Sadicte Majesté en toutes occasions.

Comme aussi Sadicte Majesté désire qu'il ayt en recommandation les Flamans qui trafficquent par delà et subjects à la domination des Estats généraux des Provinces Unies des Pais Bas, et luy commande de les assister et favoriser comme ses propres subjects en tout ce qu'ils auront besoing de sa protection.

La Seigneurie de Venise, ayant accoustumé de tenir un Bayle à la Porte dudit Grand Seigneur, ledit baron de Salignac aura toute bonne correspondance avec luy, comme a eu le sieur de Brèves pendant sa résidence par delà, et assistera et favorisera les affaires de ladite Seigneurie de tout ce qui deppendra de luy, aux occasions qui s'en présenteront, asseuré que Sadite Majesté la recevra à service très agréable ; comme aussi qu'il s'employe en ce qu'il pourra pour les affaires de la République de Raguze, sans touteffois permettre que les ungs ny les autres entreprennent ny obtiennent rien au désadvantage de la bannière de Sa Majesté et de sa dignité et réputation.

Sa Majesté ayant accoustumé à l'exemple des

roys ses prédécesseurs, d'entretenir par delà quelques
drogmans ou interprètes en langue arabesque, qui
traduisent les lettres que le Grand Seigneur luy
escript et autres actes publics, qui doibvent estre
envoyés à Sadicte Majesté, et leurs gages estant con-
fondus dedans la pension qu'il luy plaist donner à ses
ambassadeurs en Levant, pour leur entretènement en
ladite charge elle desire que ledit baron de Salignac
les ayt aussi en recommandation, et qu'estant bien
payé de son dit entretenement comme il sera, il
donne ordre aussi et tienne la main que lesdits drogmans et interprètes soient bien payés et satisfaicts.

Pour fin, Sadicte Majesté ayant permis audit sieur
de Brèves, s'en revenant en ce royaume, de repas-
ser par Hierusalem, pour visiter les Saints Lieux,
ledit baron de Salignac luy confirmera ladite permission de la part de Sadicte Majesté à laquelle néanmoins il luy dira qu'il fera service très agréable
d'user de dilligence, et se rendre près d'elle le
plustost qu'il luy sera possible..

Faict à Monceaux, le xxvi⁰ jour de juillet 1604.

Signé : HENRY.

Et plus bas : DE NEUFVILLE.

3⁰. TEXTE DES CAPITULATIONS QUE W. HARBURN, ENVOYÉ
PAR LA REINE ÉLISABETH AUPRÈS DU SULTAN, FIT
OCTROYER A L'ANGLETERRE EN 1579.

I. That the English nation and merchants, and
all other merchants sailing under the English flag,
with their ships and vessels, and merchandize of all

descriptions, shall and may pass safely by sea, and go and come into our Dominions, without any the least prejudice or molestation being given to their persons, property, or effects, by any person watsoever, but that they shall be left in the undisturbed enjoyment of their privileges, and be at liberty to attend to their affairs.

II. That if any of the English coming into our Dominions by land be molested or detained, such persons shall be instanthy released, without any further obstruction, being given to them.

III. That English ships and vessels entering the ports and harbours of our Dominions shall and may at all times safely and securely habite and remain therein, and at their free will and pleasure depart therefrom, without any opposition or hindrance from any one.

IV. That if it shall happen that any of their ships suffer by stress of weather, and not be provided with necessary stores and requisites, they shall be assisted by all who happen to be present, whether the crewsof our imperial ships, or others, both by sea and land.

V. That being come into the ports and harbours of our Dominions, they shall and may be at liberty to purchase at their pleasure, with their own money, provisions and all other necessary articles, and to provide themselves with water, without interruption of hindrance from any one.

VI. That if any of their ships be wrecked upon any of the coasts of our Dominions, all Beys, Cadis, Governors, Commandants, and others our servants, who may be near or present, shall give them all help, protection, and assistance, and restore to them whatsoever goods and effects may be driven ashore ; and in the event of any plunder being committed, the shall make diligent search and inquiry to find out the property, which, when recovered, shall be wholly restored by them.

VII. That the merchants, interpreters, brokers, and others, of the said nation, shall and may, both by sea and land come into our Dominions, and there trade with the most perfect security ; and in coming and going, neither they nor their attendants shall receive any the least obstruction, molestation, or injury, either in their persons or property, from the beys, cadis, sea-captains, soldiers, and others our slaves.

VIII. That if an Englishman, either for his own debt, or as surety for another shall abscond, or become bankrupt, the debt shall be demanded from the real debtor only ; and unless the creditor be in possession of some security given by another, such person shall not be arrested, nor the payment of such debt be demanded of him.

IX. That in all transactions, matters, and business occuring between the English and merchants of the countries to them subject, their attendants, interpreters, and brokers, and any other persons in our Dominons, with regard to sales and purchases, credits, trafic, or security, and all other legal matters, they shall be at liberty to repair to the judge, and there make a hoget, or public authentic act, with witness, and register the suit, to the end tha if in futur any difference or dispuste shall arise, they may both observe the said register and hoget ; and

9

when the suit shall be found conformable thereto, it shall be observed accordinghy.

Should no such hoget, however, have been obtained from the judge, and false witnesses, only are produced, their suit shall not be listened to, but ustice be always administered according to the legal hoget.

X. That if any shall calumniate an Englishman, byasserting that he hath been injured by him, and producing false witnesses against him, our judges shall not give ear unto them, but the cause shall be refered to his Ambassador, in order to his deciding the same, and that he may always have recourse to his protection.

XI. That in Englishman having commited an offence, shall make his escape, no other Englishman, not being security for him, shall, under such pretext, be taken or molested.

XII. That if an Englishman, or subject of England, be found to be a slave in our States, and be demanded by the shall be made intho the causes thereof, and such person being found tho be English, shall be immediately released, and delivered up to the Ambassador or Consul.

XIII. That all Englishmen, and subjects of England, who shall dwell or reside in our Dominions, whether they be married or single, artisans or merchants, shall be exempts frem all tribute.

XIV. That the English Ambassadors shall and may, at their pleasure, establish Consuls in the ports of Aleppo, Alexandria, Tripoli, Barbary, Tunis Tripoli of Syria and Barbary, Scio, Smirna and Egypt, and in like manner remove them, and appoint others in their stead, without any one opposing them.

XV. That in all litigations occurring between the English, or subjects of England, and any other person, the judges shall not proceed to hear the cause without the presence of an interpreter, or one of his deputies.

XVI. That if there happen any suit, or other difference or dispute, amongst the English themselves, the decision thereof shall be left to their own Ambassador or consul, according to their custom, without the judge or other governors ou slaves intermeddling therein.

XVII. That our ships and galleys, and all other vessels, which may fall in witch any English ships in the seas of our Dominions, shall not give them any molestation, nor detain them by demanding any thing, but shall show good and mutual friendship the one to the other, without occasioning them any prejudice.

XVIII. That all the Capitulations, privileges, and Articles, granted to the French, Venetian, and other Princes, who are in amity with the Sublime Porte having been in like manner, through favour, granted, to the English, by virtue of our spécial command, the same shall be always observed according to the form and tenor thereof, so that no one in future do presume to violate the same, or act in contravention thereof.

XIX. That if the corsairs of galliots of the Levant shall be found to have then any English vessels, or robbed or plundered them of their goods and affects, also if any one shall have forcibly taken any thing from the English, all possible dilligence and exertion shall be used and employed for the disco-very of the property, and inflicting condign punish-ment on those who maye have committed such depredations; and their ships, goods, and effects, shall be restored to them without delay or intrigue.

XX. That all our Berglerbeys, imperial and pri-vate Captains, Governors, Commandants, and other Administrators, shall always strictly observe the tenor of these imperial Capitulations, and respect the friendship and correspondance established on both sides, every one in particular taking special care not to let any thing be done contrary thereto; and as long as the said Monarch shall continue to evince true and sincere friendship, by a strict observance of the Articles and conditiones herein stipulated, these Articles and conditions of Peace and friendship shall, in like manner, be observed and kept on our part[1].

1. Herstlett, *A complete collection of the Treaties and con-ventions betwen great Britain and Foreign Povers.* Londres, 1827, t. III, p. 346 seq.

TABLE DES MATIÈRES

Pages

CHAPITRE I. — Histoire résumée des relations de la France et de la Porte depuis leurs origines jusqu'au début du XVIIᵉ siècle. — Situation brillante des Français. — Les guerres de religion. — La France néglige l'Orient. — Henri III laisse l'Angleterre prendre pied à Constantinople. — Henri IV et Savary de Brèves.

L'Angleterre et la Porte à la fin du XVIᵉ siècle et au commencement du XVIIᵉ siècle. — Élisabeth et sa politique. — Jenkinson Harburn et les premières capitulations. — Situation de l'Angleterre à l'arrivée de Glover.. 3

CHAPITRE II. — Naissance de Salignac. — Son amitié pour Henri IV. — Le roi le veut nommer ambassadeur à Constantinople. — Il refuse, puis accepte. — Son départ, instructions du roi. — Son itinéraire. — Il arrive à Constantinople. — État et principaux personnages de la cour du sultan. — Il prend officiellement possession de son poste.

Salignac et Lelo. — Bonne entente entre ces deux ambassadeurs. — Arrivée de sir Thomas Glover. — Ses origines. — Impression qu'il fait sur Salignac. — Son attitude vis-à-vis de Lelo. — Ses instructions. — Cérémonie du baise-main. — Il prend possession de son poste. — Son incivilité pour Salignac............ 18

Pages.

Chapitre III. — Hostilité latente. — Elle éclate brusquement. — On accorde à Glover des capitulations contraires à celles du roi de France. — Salignac veut les
faire annuler. — Glover résiste. — Le Divan lui enjoint
de rapporter la capitulation. — Sir Thomas refuse. —
Salignac fait renouveler ses capitulations. — Étrange
philosophie de Glover. — Il veut assassiner Salignac.
— Il essaie de corrompre la femme du premier vizir.
— Il se fait accorder un nouveau commandement préjudiciable aux Français. — Salignac le fait rompre et
obtient aussi l'annulation de la fameuse capitulation................. 38

Chapitre IV. — Mauvaise humeur de Glover. — Triomphe
de Salignac. — Mustapha-Aga. — Son amitié pour
l'Angleterre. — Il aide Glover à obtenir la protection
des Flamands. -- Salignac la lui fait retirer aussitôt.
— Histoire d'un régiment français qui assiégea l'ambassade anglaise. — Glover corrompt de nouveau le
vizir et se fait accorder une seconde fois la protection
des Flamands, mais cette concession est révoquée. —
Singulières prétentions du consul anglais d'Alger. —
Nouvelles capitulations données à Glover, puis retirées
aussitôt. — Sir Thomas, prétextant une victoire de
Jacques Ier sur les Flamands, revendique leur protection. — Le vizir, de concert avec Salignac la refuse. —
Glover veut séduire en vain les marchands flamans. —
Salignac triomphe................................. 51

Chapitre V. — Glover échoue dans les affaires de Transylvanie. — Salignac, toujours inquiet, demande à
Henri IV d'obtenir des Flamands une déclaration spécifiant qu'ils ne sont pas sujets de l'Angleterre. — Glover, fatigué de cette lutte incessante, demande à Salignac une réconciliation. — Elle est acceptée. — Ses
conditions. — Elle s'opère. — Rapport mensonger de
Glover à son ministre sur une soi-disant transaction
passée avec Salignac. — Suite et fin de l'histoire d'un
régiment français qui avait assiégé Glover. — Sir

Pages.

Thomas ne se décourage pas, demande de nouveau la
protection des Flamands. — Salignac transige avec lui.
— Son désintéressement. — Fin de la rivalité entre
les deux ambassadeurs. — Les Jésuites.   70

CHAPITRE VI. — Magnanimité de Salignac. — Nouvelle
de la mort d'Henri IV. — Profonde douleur de l'ambassadeur français. — Il tombe malade. — Sa mort.
— Ses obsèques. — Attitude de Glover. — Sir Thomas
après la mort de Salignac. — Toujours à court d'argent. — Il se laisse acheter. — Son rappel. — Il résiste. — Son départ piteux. — Il se justifie à son arrivée
en Angleterre. — Obscurité sur le reste de sa vie. . .   85

APPENDICE

I. — Étude critique des sources.   99
II. — Bibliographie.   105
III. — Pièces justificatives.   109

Imprimerie DESLIS FRÈRES, 6, rue Gambetta. — Tours.

A LA MÊME LIBRAIRIE

PARIS. TYP. PLON-NOURRIT ET Cⁱᵉ, 8, RUE GARANCIÈRE. — 3129.

www.ingramcontent.com/pod-product-compliance
Lightning Source LLC
Chambersburg PA
CBHW051547280626
47162CB00021B/1619